I0662151

CURSO PARA ESTAFAR
Y OTRAS HISTORIAS

Leando Eduardo Campa (La Habana, 1953). A los 15 años *Eddy*, como lo conocían sus amigos, cae preso durante una recogida que hace la policía; lo acusan de hippy. Sufre prisión. Posteriormente, escribe *Calle Estrella y otros poemas*, que intenta enviar a un concurso literario en Venezuela, pero el libro es interceptado por la Seguridad del Estado, y lo vuelven a encarcelar. Sale al exilio en 1980 durante el éxodo del Mariel. Vive en Nueva York, Puerto Rico, Texas y finalmente se establece en Miami, donde publica el libro de poemas *Little Havana Memorial Park* (1998). A finales de 2001 desaparece sin dejar huellas. Se le presume muerto. Dejó inédito el libro de cuentos *Curso para estafar y otras historias*.

Leandro Eduardo (Eddy) Campa

CURSO PARA ESTAFAR
Y OTRAS HISTORIAS

De la presente edición, 2018

© Herederos de Leandro Eduardo (Eddy) Campa
© Editorial Hypermedia

Editorial Hypermedia
www.editorialhypermedia.com
www.hypermediamagazine.com
hypermedia@editorialhypermedia.com

Dirección de la colección Mariel: Juan Abreu
Edición: Ladislao Aguado
Diseño de colección y portada: Herman Vega Vogeler
Imagen de cubierta: Steve Johnson
Corrección y maquetación: Editorial Hypermedia

ISBN: 978-1-948517-21-8

Quedan prohibidos, dentro de los límites establecidos en la ley y bajo los apercibimientos legalmente previstos, la reproducción total o parcial de esta obra por cualquier medio o procedimiento, ya sea electrónico o mecánico, el tratamiento informático, el alquiler o cualquier otra forma de cesión de la obra sin la autorización previa y por escrito de los titulares del copyright.

A PROPÓSITO DE LA COLECCIÓN «MARIEL»

Hay una Cuba de antes de 1980 y una Cuba que comenzó a nacer a partir de 1980. En esa Cuba de antes de 1980, los que huían de la isla, se consideraban exiliados. En la Cuba posterior, sobre todo a partir de la década de los 90, eso fue cambiando y surgió la figura del emigrante del castrismo cubano. Algo que a mí siempre me ha parecido insólito, de una dictadura se huye no se emigra.

Los libros que he agrupado en esta colección, pertenecen, literariamente hablando, a esa Cuba anterior a 1980: sólo pueden haber sido escritos por exiliados de la dictadura cubana. No quiero decir que sean mejores ni peores, sólo señalo que pertenecen a una época y a una Cuba que ya no existe, o de la que ya queda muy poco, y que comparten cierta mirada sobre los tiempos que a los autores les tocó vivir, amén de una saludable furia.

Algunos de los escritores que agrupo en esta colección, que se publica gracias a la iniciativa y al interés de Editorial Hypermedia, salieron de la isla durante el Éxodo del Mariel, otros lo hicieron un poco antes o algo después del gran éxodo marítimo. Pero todos pertenecen a esa Cuba que producía exiliados políticos, fugitivos, y no emigrantes. A mi entender, estas obras se alimentan, enriquecen e iluminan unas a otras, y ayudan a definir y a comprender el tiempo que a sus autores les tocó padecer. Por eso las he reunido aquí.

Juan Abreu

No robes, engaña
y te irá mejor.
Proverbio chino

*A todos aquellos que siguieron brindándome su amistad,
a pesar de saber a lo que me dedicaba.*

*A mi honorable amigo O. A., quien durante años me vio
asistir a la biblioteca, sin dinero y con hambre, hasta que
me sugirió el negocio del «oro».*

*Y, por último, al legendario Wichinchi Prenda Fu, cuyo
epíteto invalida cualquier intento de elogio.*

Sin percatarme mucho de lo que me estaba ocurriendo, me convertí en timador. Otro tanto nos sucede con el tiempo... de pronto advertimos que hemos envejecido. Enfrentarse siempre a algo es lo más natural; otra cosa sería dejar que ese algo termine por vencernos.

NO SE SIENTA CULPABLE

Ahí estaba, en la entrada de la peletería Payless, en la 12 Ave. y Flagler St., en la ciudad de Miami. Era viernes por la tarde, y hacía buen clima. Tenía en el puño de mi mano derecha una manilla de bronce pulido, por la que había pagado dos dólares; mi propósito: estafar a alguien.

Los primeros intentos de venta resultaron infructuosos. ¿Reflejaba mi rostro el timo? El rostro de un hombre honrado durante toda su vida. «Hay golpes tan fuertes en la vida, yo no sé». En estos versos pensaba cuando, a punto de cerrar la tienda logré que una mujer acompañada de una niña de unos once años, me pidiera la pulsera para verla.

—¿Es de oro? —me preguntó.

—¡Mírala! —le dije.

Mientras ella buscaba en la pulsera el cuño de los kilates, me fijé en la niña, la que había estado estudiándome. Le sonreí.

—¿En cuánto me la das? —deseó saber la señora al cabo de unos minutos.

—Veinte dólares y es suya —pronuncié con seriedad, y apreté los labios como quien se lamenta.

En eso la niña intervino:

—¡Pero, mamá, me vas a dejar sin los zapatos!

¿Y habrá un tono de voz que enternezca más? Me acostaré sin comer —me dije—, pero no permitiré que esta mujer deje sin zapatos a su hija.

—Lo siento, señorita —le comuniqué a la mamá de la niñita, que tenía ya en la mano el dinero para dármelo—, cómprele los zapatos a su hija que para prendas hay tiempo.

Ella me miró como si recapacitara y luego miró a su hija que había vuelto los ojos llorosos hacia el piso.

—Está bien —convino la mamá y me devolvió la manilla.

Entraron a la peletería, y yo me quedé viéndolas a través del cristal de la puerta. Vi a la muchachita sacar de la caja los zapatos que le gustaron, ponerse uno y dar unos pasitos; calzarse el otro y mirarse en el espejo. Y todo esto lo hizo con la alegría que un par de calzados nuevos puede traerle a una niña de unos once años. Yo miré mi manilla y en ella vi reflejadas las lágrimas que mis ojos retenían. Alguien pasó y me preguntó si la vendía.

—Sí, la vendo —le respondí con sequedad, y se la puse en la mano.

Era una mujer de unos cuarenta años y llevaba tantas prendas encima que parecía la vidriera de una joyería.

—¿Cuánto quiere por esto? —expresó con desprecio.

—Cuarenta dólares, menos no.

—¿Cómo sé que es de oro?

—Véala usted misma. Usted conoce más que yo de prendas.

Volvió a mirarla; la sopesó y le calculó el valor: dos, tres veces más de lo que pueda costar en una joyería. Los ojos le ardían de codicia.

—Treinta y cinco dólares es lo que tengo. ¿Los quiere?

—Dame eso mismo —dije con furor y cogí el dinero de un tirón.

Había oscurecido cuando llegué a mi cuarto. Me senté en el borde la cama con los billetes de a veinte, de a diez y de a cinco en las manos. «La necesaria purificación nocturna», dijera San Juan de la Cruz.

NADIE ES MÁS HONRADO QUE USTED

Me bajé del tren en la parada del Flea Market U.S.A., en la 57 Ave. del N.W. de Miami. Y, como siempre hacía, me quedé un rato recostado al muro del andén para desde ahí, ver el movimiento de la gente en el parqueo del Flea Market: el hombre que camina con pasos firmes y la frente levantada; el que saluda con humildad al que lo ha saludado desde un auto nuevo, solo para que el otro vea que va en un auto nuevo; el que habla solo y parlotea; el que mira el sol y maldice; el que se cubre las orejas con las manos cuando se dispara la alarma de un carro; y el que camina y mira hacia el interior de los autos estacionados; y el que pule su automóvil y de súbito advierte una goma de mascar en uno de los neumáticos y eso es preocupación para todo el día; y el que tiene en la mente a la mujer que ama, sin percatarse que ya es una obsesión. Y es aquí que se acerca a la estación del tren el chico que acaba de hurtar una naranja; la naranja que pela por el camino, y de la que va botando las cáscaras hacia atrás. La naranja que el chico ha hurtado, sin saber que lo que es hoy una travesura, mañana será un acto punitivo. Ahora lo veo cruzar la calle; entrar a la estación; subir corriendo por la escalera eléctrica; aprovechar la distracción del guardia y pasar al andén sin pagar. Por fin llega: recorre con la vista la línea del tren por si hay alguna monedilla; da unos pasos en círculo y se recuesta al muro, el mismo al que yo estoy recostado. El muro es más alto que él, y que deslinda la pericia de la adultez.

—Señorita, vendo esta manilla. ¿Quiere verla? —le digo a una joven afronorteamericana sentada al volante de un Van, junto a tres muchachas más, en el estacionamiento para autos del Flea Market.

—Déjame verla —me dice ella con halago.

Le doy la prenda; la mira, se la pasa a las amigas con una sonrisita que no logro calibrar del todo en ese instante. Cuando me percato que me quieren llevar la pulsera ya era tarde. Tuve que tirarme hacia atrás para que el Van no me atropellara. A toda velocidad, y sin dejar de reírse, escaparon con mi manillita. ¡Ah, fulgor humano!

OLVIDE EL ORGULLO

Me había quedado una manilla del día anterior y opté por tratar de venderla en el Downtown de Miami, y así estar cerca de la «joyería de Alí Babá» para volver a comprar. Serían cerca de las once de la mañana cuando, luego de casi una hora de andar proponiendo la prenda, fui a la parada de ómnibus que van a Miami Beach; y, no hice más que llegar, y le propuse la joya a una rubia cuarentona con una gruesa cadena en el cuello de la que colgaba la Virgen de la Caridad.

—¿En cuánto me la das? —me preguntó con avidez.

—Treinta y cinco dólares —le dije, y se la di.

Empezó a examinar la pulsera (solamente compraba manillas de a dos dólares) y yo me separé unos pasos de ella para el que nos viera no me relacionara con la prenda, y a la vez, la compradora no pensara que quería arrebatarle la cadena que llevaba puesta. Cuando parecía que se iba a efectuar la transacción se apareció una mujer centroamericana, y sin más allá ni más acá, le dijo a mi clienta:

—Doña, no se deje robar. Eso es pura mierda.

La rubia, que ya iba a sacar el dinero de la cartera, me miró indignada y me devolvió la pulsera. Yo me volví frustrado hacia la intrusa y le dije que era una nacatamal (en verdad, no se me ocurrió otra ofensa) y con la misma seguí mi camino. Al cabo de unos minutos olvidé el incidente.

Una hora más tarde, en la parada de ómnibus del Government Center oigo a una mujer que dice a mi espalda: «me dijiste nacatamal, ahora verá vos». Eso dijo, y salió corriendo hasta la parte trasera de la fuente que hay frente a la entrada del edificio, y donde al parecer había visto a un policía. Cuando ella regresó con el agente de la ley, ya yo había arrojado la manilla en un charco de agua que vi junto a la acera y, claro está, me moví del lugar. El policía resultó ser El Colorado, conocido en todo el Downtown por su multa-manía. La entrometida, en un inglés que hubiera ofendido a Samuel Johnson trataba de explicarle al oficial, o mejor dicho, decirle, que yo era un ladrón.

—Sácate todo lo que tengas en los bolsillos —me ordenó el policía en cuanto estuvo ante mí.

Como el árbol que se deshoja vacié mis bolsillos sobre el muro de la fuente (y, en el que, por cierto, algunos desamparados ya aseguraban sus puestos para pasar la noche): una piedra de imán para la buena suerte (ese mismo día la boté), un pañuelo, el paño para pulir las prendas, una libretica de apuntes, un lapicero, un preservativo color rojo, el cortaúñas, un peine, un caracolillo del tipo que usan los babalawos para consultar y un dolor en menudo. El Colorado tras examinar con acentuada curiosidad mi bazar de bolsillo, se volvió hacia la mujer y le dijo:

—No veo aquí ninguna manilla.

Esta, al verse perdida, acudió a una calumnia:

—Me quiso pegar —expresó, al tiempo que se tocaba la cara con el puño.

—Ok, ok, señora —la interrumpió El Colorado, con más deseos de quitársela de encima que de arrestarme. En cuanto a mí, me dijo:

—Recoge tus cosas y lárgate. Si te vuelvo a ver por aquí te voy a arrestar.

La mujer que era nicaragüense, me miró con odio y se marchó. Alguna gente en la parada de ómnibus, que había estado mirándome como si yo tuviera un cuchillo ensangrentado en las manos, se mostraron decepcionados con el final de la escena. Yo recogí con parsimonia mis predicamentos del muro de la fuente, crucé la calle y entré en la biblioteca. Leí unas dos horas el *Fausto* de Goethe y salí. Pero ya todo afuera era diferente; no estaba ni el edificio del Government Center, ni la fuente, ni el parquecito donde se espera la guagua. Quizás en el lapso que estuve en la biblioteca, transcurrieron cien o doscientos años. Ahora, Miami era una ciudad de intrincados rascacielos, de gente moviéndose veloz por las calles, de ensortijadas carreteras aéreas. Asombrosamente, vi que mi manilla aún estaba en el charco de agua; la recogí.

APRENDA A SER UN DIABLO, PERO TAMBIÉN
UN ÁNGEL

Estaba encinta, y llevaba a un niño en un cochecito; y a otros tres, de dos a siete años, sujetos a la saya. El del cochecito lloriqueaba, pero la progenitora, que intuía la causa del malestar del bebé, apuró el paso hacia el supermercado Sedanos, en la 12 Ave. y Flagler St., en Miami. Al pasar frente a mí, que me hallaba en la puerta del supermercado, me preguntó si vendía la manilla, que, por descuido, mantenía en la mano.

—Sí, la vendo —pronuncié con un titubeo al pensar que la presunción en los pobres es una necesidad.

—¿Puedo verla? —me preguntó ella con una tímida sonrisa.

—Claro que sí —dije, y se la di.

El niñito del coche se había callado; uno de los que iba agarrado de la saya de la madre se la haló en dirección a la tienda, y la mamá le sonó un manotazo en el hombro y, sin darle mayor importancia se puso a ver la pulsera. Luego se dirigió a mí en tono confidencial:

—Tengo cupones. Aquí están (los sacó de la cartera). ¿Cuánto quieres por la manilla?

El recién nacido recomenzó el gimoteo, y los que se sujetaban del vestido de la mamá se pararon en la entrada del market, dispuestos a correr hacia el interior de este al menor descuido de la progenitora.

—Mira —le dije tras pensarlo unos segundos—, esa manilla no es de oro, si la compras vas a perder tus cupones que necesitas para tus hijos y para ti misma.

La joven madre, que ya esperaba con los cupones de alimento en la mano a que le dijera el precio de la prenda, me miró incrédula; y, para convencerla de que no le mentía, tuve que mostrarle el recibo; entonces, bajó la vista avergonzada. En eso, los niños echaron a correr hacia las máquinas de video del establecimiento y ella, que ya me había devuelto la manilla, partió tras ellos llamándolos a gritos.

Transcurrieron unos veinte minutos, y ya había determinado dejar la venta para el siguiente día cuando, conducido por ese sentimiento de conmiseración por el que un hombre avanza hacia el abismo con la conciencia de haber realizado un bien, entré a la tienda y cogí pan, queso, leche, mantequilla, cereal y fui hasta la caja contadora donde estaba la pobre mujer con su prole. Puse los víveres sobre el mostrador; saqué del bolsillo veinticinco dólares, se los di a la cajera y me volví hacia la mujer y le dije: «estos víveres son para ti, debe sobrar dinero, quédate con el cambio». Así le dije, y seguí hacia la puerta de salida. Pero, antes de salir, miré hacia atrás y vi al mayor de los chicos ayudar a la cajera a empaquetar los alimentos, y a la mamá, sonreírme.

USE LA IMAGINACIÓN

Cierta vez, en que trataba de vender una manilla en el parqueo de la tienda Lula Fashion, en la 12 Ave., y la primera calle del N. W., en Miami, se me ocurrió ir a la tienda de ropa de uso, pero, no para comprar nada, sino para intentar vender allí la manilla.

Me puse en marcha; atravesé el parqueo del supermercado Sedanos y en unos minutos llegué al pulguerito, que estaba frente a la iglesia de San Juan Bosco y perpendicular al supermercado. ¡Ah, pero qué alegría fuera hallar en uno de los bolsillos de los trajes una prenda de verdad!, me dije al entrar. Cuántas veces, a llegar a esa tienda no imaginé que eso fuera a ocurrirme. Ciertamente, cada vez que entraba a ese lugar no podía resistir la tentación de registrar los bolsillos de los trajes de hombre. Pero nada, salvo algún que otro pañuelito de mujer, ¡todavía perfumado! Cuando esto me sucedía, en vez de desanimarme, redoblaba los esfuerzos como el paleontólogo que halla los huesitos de una gallina, donde suponía encontrar los fósiles de un mamut. En otras ocasiones olvidaba el sentido material de la búsqueda y, con el pañuelito en la mano, me entregaba a cuantas historias pueda sugerir un pañuelito de mujer en un traje de hombre. Historias a las que, aun cuando las concibiera desatinadas, me esmeraba en darles una solución feliz. Qué mejor prenda, me decía, que este pañuelito donde todavía palpita el encaje de un instante inolvidable. Todo momento de amor es trascendental.

—Mire, señorita, me encontré esta pulsera en el bolsillo de este saco —le digo en voz baja a la mujer, que se probaba una blusa por encima de la ropa—, ¿quiere verla?

La señora, que parecía hondureña, abrió los ojos más por la lujuria que por la curiosidad, y me pidió que se la mostrase.

—Que no nos vean —le digo bajito, y se la dejo caer en la mano.

Cerca de la caja contadora dos mujeres conversan sobre los trámites para obtener la ciudadanía americana, mientras hunden las manos en una loma de ropa para niños. Un joven con aspecto de asfixiado (o sea, que está a punto de matar a alguien por dinero) hace su aparición en la tienda. El joven va directamente a donde están los zapatos; se quita los que trae puestos; se pone otros (más nuevos, naturalmente); se cerciora de que le queden bien, y sale del local con el mismo aire de distraído con que entró. La cajera lee una revista.

La hondureña, que participa de la intriga con placer, me pregunta en un susurro que cuánto quiero por la prenda. Ella es una mujer de unos cincuenta y tantos años y juega tan bien a los policías y ladrones, que casi parece ser ella la que me vende a mí la manilla.

—Bueno, no tengo pensado venderla; pero si me da treinta dólares, se la suelto ahora mismo.

—Treinta es mucho, si se la acaba de encontrar. Déjamela en veinte.

La cajera, una vieja septuagenaria, con un sellito en el cuello de la blusa que dice: «Liga contra el cáncer», da un sonoro bostezo y prosigue con la lectura. Las que platicaban acerca de la ciudadanía americana, pasan ahora con más fervor al tema de la juventud descarriada, pero sin hundir las manos en las ropas.

—Está bien, dame los veinte, pero que nadie te vea.

Ella mira hacia los lados, se mete la mano en los senos y saca un monederito con la forma de una tortuga, y de él extrae un billete de a veinte y me lo da doblado.

—Guarda la manilla. Póntela afuera —le digo y le doy un toquecito suave con la mano en el hombro.

Con el dinero en la mano termino de ponerme el saco; voy hasta el librero que está cerca de la salida y tomo *El espejo del mar* de Conrad (al que ya le había echado el ojo), y como vi que la cajera seguía entretenida, salgo de la tienda. Afuera, abro el libro y lo voy leyendo por el camino. Un frío anunciado empezaba a sentirse.

USTED TAMBIÉN PUEDE SER UN ACTOR DRAMÁTICO

Cuando el pulguero de la 37 Ave. y la 7 calle del N.W. de Miami, comparte el terreno con las carreras de perros, algunos clientes del pulguero, de pasada, se detienen en el portón que hay en el camino hacia el parqueo principal, para, por las rendijas, ver correr a los perros. Sin embargo, sucede que las buenas rendijas (por las que se ve toda la pista) siempre están ocupadas, lo cual trae como resultado que se unan dos caras de sexos opuestos en una misma ranura. Esto, naturalmente, hace que la emoción de las carreras sea más intensa y hasta diría yo, que más elevada. De manera que, cuando terminan las carreras, cuando el tractorista empareja la pista, todavía se pueden ver las caras pegadas al mirador. Lo viene el diálogo, el cual, generalmente, trata sobre el can ganador y la aflicción del apostador que ha perdido.

—Si supieras que acabo de perder todo mi dinero. Y fíjate si estoy enviciado con los perros, que cuando pierdo todo lo que traigo en las primeras carreras, no puedo dejar de pararme en el portón para ver las últimas —le digo a mi compañera de ranura, quien confirma mis palabras con un gesto de cabeza, tras un rápido vistazo al abultamiento en mis entrepiernas.

—¿Y no ha ido a ningún sitio para que le quiten ese vicio? Mi marido lo tenía y se lo quitó en un programa —me dice condolida mientras caminamos hacia su automóvil.

Nos acercamos al estacionamiento de autos. Ella va a mi lado y, con el dorso de la mano, le voy rozando las nalgas. Hay una permanente fogosidad en el cielo sin nubes. A intervalos, la sombra de unos cedros precede nuestros pasos.

—No, no he ido a ningún lugar. Yo creo que ya no tengo remedio. Me he quedado que ni para la renta tengo. ¿Te quieres quedar con esta manilla? —le digo y se la muestro.

Ella la coge con gesto delicado, y me mira fijamente a los ojos como si buscara en ellos la veracidad de mi desdicha. Avanzamos un poco más y nos detenemos junto a su carro, que está apartado de los demás, casi al final del estacionamiento.

—Déjame sentarme en mi coche para verla bien —me dice y busca la llave del auto en la cartera. Abre la puerta del conductor.

Con las piernas hacia afuera revisa la prenda. Me paro frente a ella, su cara está a la altura de mi cintura. Un pájaro negro se posa en el techo del auto.

—Te la voy a coger para ayudarte. ¿En cuánto me la das?

—Con treinta resuelvo.

—Voy a confiar en ti. Espero que sea buena.

Ella vuelve a hurgar en la cartera hasta hallar el dinero. Me lo da y roza los dedos de mi mano cuando retira la suya. El pájaro vuela.

Me quedé unos segundos viéndola partir. «Arriba lo mismo que abajo».

NO SUBESTIMES LA INTELIGENCIA DEL COMPRADOR

Tenía las piernas cruzadas; y el mentón, apoyado en la palma de la mano formaba un ángulo obtuso con el brazo. Poseía el tipo de belleza que se acrecienta con el sufrimiento. El cabello, largo, rubio, cepillado de prisa y sin retoque, acentuaba esa inclinación al lucimiento natural, o al abandono por desencanto. Su mirada luctuosa se asemejaba a la de las campesinas, cuando, al atardecer salen a retirar las ropas de la tendedera, y permanecen unos segundos con las manos en los palitos para tender, viendo la terminación del día tras la colina. No rebasaba los cuarenta años y vestía pobremente, pero sin desaliño. Por delante de sus ojos pardos los autos pasaban y pasaban; unos ojos estáticos; la mirada lejana. La mujer esperaba la guagua, y estábamos ella y yo solos en la parada del ómnibus, en la esquina del edificio donde daban los cupones de alimento, en la 27 Ave. y la calle 13 del N.W. de Miami. Corrían los días de la reforma del Beneficio Social.

Para hablarle me situé en la distancia en que si no me respondía, al menos salvaba la dignidad. Pero fue ella la que se dirigió a mí:

—Señor, ¿sabe a qué hora pasa el bus?

—No, señorita, pero supongo que no debe tardar.

—Gracias.

—Para servirle.

Por el acento supe que era cubana. También supe, por esa sabiduría que se adquiere con el trato diario con la gente, que me había preguntado por el ómnibus no porque estuviese muy interesada en saber cuándo pasaba, sino para quebrantar el silencio que mi cercanía tornaba amenazador. Al percatarme de esto, fui hasta la otra esquina y al cabo de unos minutos retorné dispuesto a venderle una manilla. Le hablé de esta manera:

—Me negaron los cupones porque no soy ciudadano, ni tampoco tengo acumulado diez años de trabajo. Y, mire usted, ahora tengo necesidad de vender esta manilla.

Ella deslizó la mirada por el manto de autos que esperaban el cambio de luz y, cuando parecía que me iba a hacer caso omiso, me habló:

—Déjame verla, pero ya ese cuento me lo sé.

No dije nada. Me senté a su lado guardando la distancia; le di la prenda y esperé a que la viera. Al terminar me dijo:

—Se ve bien, pero usted sabe lo que pasa, que le ponen el catorce dilates y la venden como oro.

«Y aquel que no haya probado el agua de las arenas
/en un casco
Le ofrezco poco crédito en el comercio del alma».

—Usted tiene razón. No se lo discuto —pronuncié con Saint John Perse todavía en la mente—, pero no es este el caso. Esta prenda la compré hace un año, créame, la vendo por la necesidad que tengo.

Entonces, tuve que someterme a la más ardua de las pruebas: la mirada escrutadora de una mujer. Salí ileso.

—Usted parece un buen hombre. ¿De qué país es usted? Confieso que no esperaba esa pregunta.

—De Puerto Rico —respondí, ocultando mi verdadera nacionalidad, debido a que, por lo general, ante un compatriota solemos ser más desconfiados.

—Así que de Puerto Rico —expreso airosa—. Ya ve cómo me ha estado mintiendo. Si fuera boricua no le hubieran negado los cupones.

Y, por primera vez, sonrió. Lo hizo como esas colegialas que saben la respuesta de una pregunta difícil, y se callan por modestia o pudor. En cuanto a mí, había caído en una antinomia tan vergonzosa que me sentí atravesado por la flecha de Zenón. Tardé unos segundos en hallar la solución:

—Lo que ocurre es que mi madre es puertorriqueña y mi padre cubano. La verdad es que nací en Cuba, pero, a veces, me confundo y digo que soy de Puerto Rico —le dije con la mayor naturalidad que pude.

—Ah, sí, entiendo —manifestó ella con displicencia.

No obstante esto, acudí a un recurso que suele dar buenos resultados aun en casos en que las posibilidades de convencer son casi inexistentes. Le dije lo siguiente:

—Hay una mujer esperando a que le den los cupones. Me quiere dar veinticinco dólares por la manilla. Si usted me da veinte es suya ahora mismo. No tengo ganas de esperar tanto.

Alguna gente había llegado a la parada. A lo lejos, el ómnibus. La mujer se puso de pie, y esta vez con una sonrisa más halagadora me dijo:

—Coja su manilla, y estos cinco dólares que le regalo.

Con la humildad de un sacerdote cogí el dinero y la prensa. El transporte público llegó y ella partió. Habría deseado haber sido su amigo.

PODRÁ RECORDAR A ALGUNOS, PERO NO A TODOS

Los sábados por la mañana, la iglesia de San Juan Bosco, en la 13 Ave. y Flagler St., en Miami, hace un dinero extra con la venta de donaciones, que consisten en ropa, calzado o cualquier otra cosa a la que se le pueda sacar un centavo. Las encargadas de este negocio son dos monjitas: una el ojo y, la otra, la aguja. Los clientes, de edad avanzada en su mayoría, son los mismos que asisten a la iglesia. Al mediodía, cuando termina la venta, las monjitas, que son amabilísimas, guardan celosamente el dinero recaudado en una caja de zapatos y, como si se tratara del Manto Sagrado de Jesús, se lo entregan al padrecito que siempre las espera en la puerta trasera de la iglesia. Ahora bien, como es necesario reparar la casa de Dios, aparte de este pulguerito, hay también un quiosco donde se venden perros calientes y refrescos (a precios módicos, *of course*). Todo controlado por las devotas madrecitas.

Desde hacía unos minutos venía observando a una joven centroamericana que merodeaba por el parqueo de la iglesia mirando la infinidad de cosas expuestas a la venta. Estaba seguro de que si le proponía una de mis manillas la iba a comprar. El único inconveniente consistía en que su cara me parecía familiar; es decir, que se me parecía a alguien a quien ya había estafado. Y para cerciorarme de que no se trataba de una de mis perjudicadas, le pasé por delante; y como vi que me miró de la manera que se mira a cualquiera que le pase a uno por delante, le propuse la prenda.

—¿Me la puedes enseñar? —me pidió con zalamería.

Sin considerar este detalle, avancé un paso hacia ella y la di la pulsera; pero, no hizo más que cogerla y la encerró en el puño, y en un tono que distaba mucho del anterior, me dijo:

—Mi marido es el del dinero. Vamos pa' que él la vea.

Fue entonces que me percaté de la trampa. Unos tres meses atrás, en el pulguero de la 37 Ave. le había cogido treinta dólares por una manilla. Ahora no tenía otra opción que seguir con ella.

—¿Dónde está su marido?

Es aquel, el que está recostado a la camioneta roja —Me indicó con la mano hacia una camioneta Ford estacionada en la calle, a la entrada de la iglesia.

—Dame la manilla. No tengo ganas de estar caminando tanto.

—No, no, vamos. Es ahí.

El tipo trabajaba en los techos; la ropa que usaba, aunque lavada, todavía conservaba manchas de chapapote. Era una gente gruesa con cara de bonachón. En cuanto nos vio avanzar hacia él, frunció el ceño, puso un pie en la defensa trasera de la camioneta y los codos sobre la compuerta. Parecía llevar un buen rato esperando a la mujer.

—Mira, papi, este fue el que me vendió la esclava falsa en treinta dólares.

El techador me miró con cierto aire de estupor y, sin decir nada, con un giro lento del brazo, extrajo del bolsillo del pantalón una cuchilla de trabajo y comenzó a limpiarse las uñas. Evidentemente con el ánimo de intimidarme.

—Dígame, señora, ¿tiene usted ahí la manilla que le vendí?

—Sí, sí, aquí la tengo —dijo con cólera, y abrió la cartera.

El hombre permanecía impasible limpiándose las uñas. Su silencio y la aparente indiferencia me hizo pensar en el verso de Ungaretti: «Ninguna violencia supera a aquella que revista aspectos silenciosos y fríos».

La mujer sacó una manilla ennegrecida de la cartera, me la puso delante de los ojos y me espetó en la cara:

—Esta es la porquería que me vendiste. Quiero mis treinta dólares.

—No hay problema, señora, deme la manilla que aquí tengo sus treinta dólares.

Cuando saqué el dinero, el hombre detuvo el movimiento de la cuchilla y suspiró aliviado. Hicimos la devolución, y me marché cuanto antes del lugar.

Esa noche, en el apartamento de mi amigo Oscar Mass, al que le pagaba cinco dólares por quedarme a dormir, interrumpí la lectura de un curso de Derecho Romano (atención al vocablo *dolo*) para reflexionar sobre lo acontecido en la iglesia: si no hubiese tenido dinero suficiente como para devolver en caso de reclamación, le habría prestado más atención a la vaga impresión de aquel rostro familiar.

UNA VENTA DELICADA

Fue en Hialeah, pero no recuerdo la calle y menos, el número de la casa. Solo sé que la casa donde vendí una manilla quedaba en altos, al lado de una cafetería por el día y, de noche, bar. En esta cafetería me detuve un atardecer para tomar café, y como vi que el dueño del negocio estaba en la trastienda haciendo no sé qué cosa, le propuse la manilla a la empleada. Esta no la quiso, pero un joven de unos treinta años, que se hallaba en los bajos de una escalera de la casa contigua a la cafetería, me preguntó si la vendía. Junto a él se hallaba otro más, más o menos de su misma edad. Este era más corpulento y usaba varias cadenas finas en el cuello y algunas pulseras en las muñecas de ambas manos. Los dos vestían ropa deportiva de marca. Me les acerqué.

—Sí, la vendo. Quiero cincuenta dólares —dije y se la di para que la viera.

Cuando la estaba mirando, intervino el otro.

—Mira, Pedro, no te metas a comprar esto sin comprobarla. Arriba hay Clorox.

Pedro miró hacia la oscuridad de la escalera y luego me dijo:

—Si dejas que la pruebe te doy los cincuenta machetes.

36

—Está bien, pero preferiría que me los diera en dólares —indiqué a modo de broma.

—¿Tú no eres cubiche?

—No, soy boricua.

Subimos por la escalera; ellos delante. Llegamos a una pequeña estancia. Yo me quedé en la entrada y ellos pasaron; pasaron sin mirar siquiera al hombre que, con el torso desnudo, sentado a una mesa pulía un Colt .38 con la vista fija en el metal. Encima de la mesa había un plato con polvo blanco y varias latas de cerveza vacías. El pulidor del arma tendría unos cincuenta años, de constitución recia y rasgos faciales acerados. Por la palidez de su cara parecía llevar un tiempo largo sin coger sol. El hombre pulía el arma, pero era evidente que pensaba en otra cosa.

Los muchachos regresaron con el Clorox y fue cuando yo entré. Pusieron el frasco encima de la mesa y echaron dentro la manilla. El que pulía el revolver continuó imperturbable. El arma destellaba como una idea obsesiva. Por la única ventana de la pieza penetró el último rayo de sol del atardecer. El lustrador del «fuego» apuró la mano. En eso Pedro me habló:

—Si es de orégano te la parto.

—Sácala ya, Pedro —dijo el otro.

Este sacó la prensa por una de las puntas; la limpió con una servilleta y se la dio a su amigo, al que llamaba Luis, para que le diese el visto bueno.

—Es balín. Dale el billete —le dijo este a su amigo tras examinar la prenda unos minutos.

Sabía que no le habían dado suficiente tiempo a la manilla como para que el Clorox penetrase en el metal, pero eso ya no me importaba. Cogí el dinero y sin mirar al hombre del arma, bajé despacio por la escalera. «La sombra de un pájaro me pasa por la cara».

UNA VENTA EN LA IGLESIA DEL GESU

Cierta vez, reconocido por uno de mis perjudicados (era una mujer), tuve que escabullirme entre el gentío del Downtown de Miami huyéndole a las voces y gestos que me acusaban de embaucador. Hubo quienes, como es natural en estos casos, se me quedaron mirando; pero yo, sin aminorar el paso, miraba hacia el cielo para confundirlos. Y hasta dejé a algunos de ellos convencidos de que el firmamento era la causa del timo, al que aludía la enfurecida señora. De manera que, sin saber muy bien cómo, me vi en la puerta de la iglesia de Gesu, y de súbito empujado hacia su interior por un rebaño de apesadumbrados devotos que asistían a la misa del padre Sebastián.

Quizás mi buena estrella hizo que cayera al lado de una emprendada cristiana, en cuyas joyas advertí que faltaba, por obra y gracia del Espíritu Santo, la sagrada cruz. Y como yo tenía una sortija de crucecita, pensé que era la ocasión para proponérsela. Para la cual, tuve que esperar a que terminaran los cantos y rezos, tiempo que empleé para murmurar a modo de oración (ya que no recordaba otra) «Plegaria a Dios», del gran poeta Plácido de la Concepcion Valdés.

Cuando acabamos de rezar, el padre Sebastián, que se había mantenido observando con fruición la concurrencia del día, procedió a leer el *Pater Noster*, y nosotros a repetir el estribillo: «Madre de Dios, líbranos de nosotros los pecadores». Así yo decía, mientras con el rabo del ojo estudiaba a mi pretendida ovejilla, buscando la manera de trasquilarla.

Tras otras lecturas, en las que se incluyó el *Via Cruxis, según San Mateo*, el padre Sebastián, hombre timorato no obstante acogerse al buen refrán que dice: «el muerto delante y la gritería atrás», nos indicó con un movimiento alado de la mano que podíamos sentarnos y, al monaguillo, un paso detrás de él, le ordenó con un abrir y cerrar de ojos, que empezara los preparativos de la Santísima Hostia.

—Hermanita, ¿desearía ver una sortijita que tengo con una cruz? Estoy seguro de que Dios, en estos momentos, le agradecería que me la comprase —y tras decir esto, se la mostré.

Ella, que sin dudas sintió más que escuchó el ímpetu de mi plegaria, al sacar la prenda para que la viera, me miró desconcertada, mirada a la que respondí con apostólica sonrisa.

—Déjame verla —me susurró y alargó la mano hasta rozar la mía con hermandad libidinosa.

Yo, al percatarme que entrábamos en confianza, me le acerqué más a ella, o mejor dicho, a la Biblia que, colocada entre los dos, nos unía en cálida comunión.

—Si supieras que he estado pensando en una sortija con una cruz. ¿En cuánto me la das? —volvió a susurrarme sin soslayar esta vez mi fraguada erección.

—Ahora vamos a dar comienzo al acto sacramental de la extrema unción.

—Dame veinticinco —le dije con voz trémula por la cercanía de su aliento, de aquellas rodillas tan apretadas, de aquellos pechos tan insinuantes. Le cogí la mano.

—En el nombre de Dios, del Padre, del Hijo y del Espíritu Santo, reciban la hostia sagrada, cuerpo de Nuestro Señor Jesucristo.

—Está muy brillosa. No creo que sea buena.

Su mano sobre mi rodilla y mi mano encima de la suya. Siguió hablándome:

—… pero me voy a quedar con ella. Me gusta.

—Vengan, vengan. En orden, por favor.

—Está bien. No te vas a arrepentir —le dije al oído, y retiré la mano y fue como si un pétalo me rozara los dedos.

Ella me miró con inhibido deseo, y me dio los veinte y cinco dólares. Luego nos pusimos en fila, muy juntos uno del otro, para recibir el panecillo.

HAY QUIEN MERECE TODO EL ORO DEL MUNDO

En los días lluviosos o de intenso sol, tomaba el tren que recorre de norte a sur la ciudad de Miami, y, sin bajarme de él, trataba de vender mis prendas. ¡Ah!, pero cuántas veces no me quedé sentado en uno de los bancos del andén, solo para ver la expresión de los rostros de quienes me miraban desde el tren en marcha, como si fueran ellos los únicos destinados a salvarse; o, bien, otras veces, me olvidaba de mis bolsillos vacíos y repasaba mentalmente mis viejas lecturas (de las que siempre trato de memorizar algo, tal y como me enseñara mi gran maestro Séneca), mientras el tren iba y venía anunciando las paradas de los que le habían hallado algún sentido a la vida. Así pasaba una o dos horas sentado en el banco, hasta que emergía del fondo de mis reflexiones y exclamaba: «Qué tarde se me ha hecho para el dinero». Una última reflexión, antes de echar a andar, me hizo saber que la apreciación que tenemos del tiempo es diferente para cada cual, que el último segundo en la vida del hombre que se lanza a los rieles de un tren, contiene todos los años ya vividos.

Estoy envejeciendo, y aunque he vencido
muchos obstáculos en la vida, a veces
siento que la voluntad flaquea; instante
peligroso en el que puede el espíritu ceder
ante el primer llamado de la debilidad
y cese todo aliento de vida.

—Quiere verla, señorita, se la vendo —le digo a una joven que pasa por mi lado, y le enseño la prenda.

Ella va bien vestida y lleva paquetes de compras en la mano. Se detiene confundida y me mira con desconfianza. Vuelvo a hablarle:

—No tenga miedo de mí. No quiero asaltarla. Solo deseo venderle esta manilla.

Ella sonrió, aunque todavía con timidez. Me pidió la prenda para verla. Sin arrimarme mucho a ella se la doy. No había nadie en los pasillos de la estación. Subimos juntos por la escalera eléctrica. Me parecía tan ingenua que cualquier intento de engaño era una abyección.

—¿En cuánto me la das? —me preguntó tras examinarla.

—Veinticinco dólares.

—¿Tan poco? ¿No quieres cincuenta?

Supe que no había sido una ironía. En mis años de embaucador encontré quienes quisieron asaltarme o robarme las prendas, pero, jamás, a alguien con tanto sentido de la equidad como ella. Me sentí el ser más infame del mundo, y empecé a sudar frío.

—¿Se siente usted bien?

—Sí, creo que sí.

Ella abrió la cartera; una cartera que era azul, tal y como debió de ser el color de los ángeles. Los ángeles que fueron blancos para que no se confundieran con el azul del cielo, que es, también, el azul de los pasillos de las catedrales, de las bibliotecas y de los sueños acosados por la contrición. De la cartera extrajo dos billetes de a veinte y uno de a diez.

—Cógelos —insistió.

Alargué la mano. Todavía hoy recuerdo el roce de sus dedos. No sé si fue una esfinge.

MI AMIGO L

Hacía unos siete años que no veía a mi amigo L. Me lo encontré en la entrada del edificio donde reside, a una cuadra del hospital Jackson Memorial, en la ciudad de Miami. Al pasar por su lado (yo, que iba huyendo por una venta que hice cerca de allí), me reconoció. Conversamos un rato sobre los tiempos en que él andaba normalmente y no en silla de ruedas. Después de esa breve charla me invitó a su apartamento, con el fin de leerme un cuaderno de poemas que había escrito. Yo acepté, con tal de que no fuese muy extenso.

Mi amigo abrió la puerta principal del edificio con una tarjeta magnética y nos vimos en un amplio recibidor, donde unos hombres, también en sillas de ruedas, charlaban en círculo. Por un instante, pensé que la parálisis y el círculo de alguna manera se correspondían. Atravesamos el recibidor y llegamos al elevador con el tablero de mando diseñado para minusválidos. Mi viejo amigo pasó primero. Ya dentro, hizo girar la silla con sorprendente habilidad, y en la que, observé, una innecesaria energía, la cual interpreté como una manera de decirme que se sentía tan vigoroso como antes del accidente.

Sin conversar una palabra llegamos a un pasillo desierto en el cuarto piso, en el que había marcas de ruedas sobre una alfombra gris. Tal y como hicimos al entrar al ascensor, L. salió primero e impulsando con brío la silla de ruedas, me dejó atrás. Apenas podía alcanzar a verlo doblar los recodos del pasillo. Entonces comprendí que aquella velocidad se debía, también, a una demostración de fuerza. Y, por primera vez, sentí miedo.

Llegamos a su apartamento con una cerradura más baja que la de las puertas normales (cualquier semejanza con el libro de Gulliver me parecía una callada ofensa a mi viejo amigo). Entramos, y me dijo en un tono en el que percibí cierta aridez, que le pasara el seguro a la puerta.

Lo hice, a pesar de recordar que algunos individuos suelen a la sociedad de su desgracia. No obstante, me sobrepuse a la inquietud y traté por todos los medios de no reflejarla. Intercambiamos algunas palabras acerca de su libro de versos y me convidó a un jugo de naranja. Pensé en decirle, cuando sacó la jarra con el jugo del refrigerador, que él también tomara un poco, para así estar seguro de que no pensaba envenenarme. Opté, en cambio, por decirle que no deseaba, que prefería un vaso con agua, el cual me sirvió con repentino mal humor, y comenzó a hablar de amigos en común y del abandono al que se había visto sometido después del accidente. Logré calmarlo cuando le dije que me mostrara los poemas.

Leí el libro sin ninguna interrupción por su parte, y solo en dos o tres ocasiones levanté la vista para cerciorarme de que él todavía estaba delante de mí. Enseguida que terminé la lectura quiso saber mi opinión. Le hice saber que algunas composiciones pudieron haber sido mejores, de no destacar tanto la angustia de su padecimiento. También le manifesté, según mi parecer, que un poema debía alentar aún desde la angustia misma.

A medida que le hablaba (hoy reconozco mi imprudente franqueza) vi que su rostro adquiría la fiereza por la que en otra época fue un hombre temido. Hubo un momento en que creí que saltaría de la silla y me estrangularía allí mismo. Miré hacia la puerta con ganas de salir, pero me contuve temeroso de que pudiera tener un arma debajo de sus piernas inmóviles. Unos golpes en la puerta facilitaron mi intención. Mi amigo se había citado con otro minusválido. Yo salí raudo, sin despedirme.

Una vez en la calle, no sé por qué, encerré mis manillas en el puño y las apreté con fuerza.

CAMBIO DE NEUMÁTICO

Hacia el norte, en la última parada del tren llamada Okeechobee, a unos cien metros de la estación, hay una bodeguita conocida por «La Estrella», donde se vende desde una alita de pollo hasta una vela para Santa Bárbara. Los clientes de este negocio, generalmente, son los motoristas que usan la carretera 526; y, como esta es una de las más transitadas de la ciudad, es fácil imaginar el gran negocio que tiene «La Estrella». El dueño, que es cubano, es muy gentil si llevas dinero.

Cada vez que iba a Okeechobee a vender prendas, compraba un muslo de pollo y me lo comía detrás de la bodeguita, sentado en un quicio a la sombra de un techo de cinc. Casi siempre después de comer me quedaba un rato viendo los autos circular por la carretera; y era como ver un solo auto ir y venir hasta que, pasado unos minutos lo que veía era la autopista vacía; o, mejor dicho, vertiginosos colores que terminaban por hipnotizarme. Entonces, miraba en torno y «apenas había aire para mis alas». Pero, luego venía el cálido airecillo de la tarde, escuchaba los gárrulos de la factoría, oía el silbido del tren Antrak, sentía el resplandor de las fachadas de los edificios de bajos ingresos y miraba al cielo, porque hay que mirar al cielo de tiempo en tiempo —decía Gabriel Miró—, y me preguntaba a mí mismo con ese gran verso de Musset: «¿es el alma inmortal?».

Una de esas tardes, mientras pensaba en Confucio, escuché el trac tras de una goma de auto averiada. Deje a un lado «la invariabilidad del medio» (eso pensaba); me limpié las comisuras de los labios con un pedazo de cartucho y, todavía con los restos de un muslito de pollo en la mano, esperé a que llegara el auto descompuesto. Lo manejaba una rubia con unas tetas parabólicas.

—Oh, *my God* —exclamó ella con las manos en la cabeza tras bajarse del automóvil—, ¿y ahora qué hago? Mi marido me espera para cenar.

Era una mujer de unos treinta años. Vestía jeans, zapatos de charol y una blusa blanca. Todo en ella estaba esmeradamente atendido, desde las uñas de las manos hasta el pelo en forma de bucles. En cuanto habló, supe que se trataba de una mujer vulgar, que vivía como una reina.

Le lancé el resto del muslo de pollo a un perro que pasaba, y le pregunté a la pelirroja si tenía goma de repuesto.

—Sí, sí, en el maletero traigo una —pronunció ella entusiasmada y fue hasta el maletero y lo abrió. Y, cuando iba a empezar de nuevo con la historia del marido, del auto acabado de sacar de la agencia, la cena, la hora… la interrumpí:

—En quince minutos yo resuelvo su problema. No se preocupe.

—Ay, sí —exclamó ella cuando me le acerqué para sacar la goma de repuesto y, casi por instinto, aspiré el perfume de aquella piel, de toda esa exuberancia de mujer por la que un poeta, o escribe sus obras completas o no escribe un verso más en toda su vida.

—Este auto me lo compró mi marido no hace todavía un mes y mire usted lo que ya me pasó.

Ahora, el tono empleado por ella me pareció un poquito arrogante. ¿Qué podía decirle? Le indiqué con la mano que cerrara el maletero y me puse a trabajar en la goma.

—¿Puedo meterme en el carro? Hace tanto calor aquí afuera… —me dijo.

—Por supuesto que sí, pero si el carro me cae encima, dígale a la gente que lo hice por amor.

Por primera vez me miró con agrado. Era el tipo de mujer a la que hay que darle pinga toda la noche. Estaba casi seguro de que su marido era un viejo dineroso. Uno de esos tipos a los que se les para una vez al mes y el resto de los días la colma de regalos. Ella, por otra parte, estaba consciente de su rol como objeto sexual. Si existe alguna diferencia entre la mujer hispana y la norteamericana es precisamente esto; de ahí, el grado de independencia que ha logrado la mujer norteamericana con respecto a la hispana. El que haya pasado a desempeñar un papel activo en la sociedad se debe precisamente a su desnaturalización sexual.

Tardé unos veinte minutos en cambiar la goma. Guardé todo en el baúl y le dije a la mujer que podía seguir viaje. Sin ni siquiera darme las gracias, prendió el motor del vehículo; pero, antes de que moviera el carro me le paré en la ventanilla y le enseñé una de mis manillas.

—¿Qué, la vende? —me preguntó luego de bajar el cristal hasta la mitad.

—Sesenta dólares —le pedí dos veces más de lo que generalmente pedía por una manilla de a dos dólares.

—¿Es de oro?

—Mírala y verás.

La cogió, y, sin apenas mirarla, se la probó en la muñeca.

—Cincuenta es lo que tengo, ¿los quiere?

—Está bien, dámelos, pero no me pregunte de dónde la saqué.

Se sonrió con complicidad, y me extendió el billete. Un chirriar de gomas me dejó empolvado.

UN POLICÍA NATURAL DE LA INDIA ME
ACUSA DE ORINAR EN LA CALLE

Sin dudas lo habría pasado peor si me hallan encima la bolsita con marihuana, que encontré en la calle, camino del pulguero de la 37 Ave. a donde iba todos los domingos a vender mis prendas. Puesto que la razón me decía que no debía continuar con la droga en el bolsillo, se la obsequié a mi amigo, el autor de *La magia de la ciudad*, y proseguí el viaje sin otra preocupación que la del dinero. No obstante, inexplicablemente, a veces sentía como si todavía anduviera con la droga. Muy pronto este sentimiento se convirtió en una aprensión, y esta, en el presentimiento de que tendría un problema.

Una vez en el pulguero, me quedé en la entrada del estacionamiento para autos que se encuentra enfrente. Allí, debajo de un árbol, y protegido por el tronco, me puse a pulir la manilla que pensaba vender. Lo que sobrevino fue un motivo posterior de reflexión: un policía conversaba con una mujer recostado a la ventanilla de su auto, a unos veinticinco metros de mí. La única que podía verme (en realidad lo que podía ver era el movimiento de mi mano a lo largo de la prenda) era la mujer, puesto que el policía se hallaba casi de espaldas a mí. En una de esas veces en que saco la cabeza para mirar a mi alrededor, veo que la mujer y el policía me miran; entonces, salgo de atrás del árbol porque ya intuyo que algo anda mal.

El policía me llama con la mano. Sin poder imaginarme lo que ellos han hablado y creyendo que se trata de algo relacionado con la venta de prensas, llego hasta él. Y, sin que medien palabras, me lanza contra el carro patrullero, me pone las esposas y me encierra en él. Dos horas después, en la estación de policía, me entero de que se me acusa de orinar en la calle.

—No vas a estar preso mucho tiempo —recuerdo que me dijo cuando le reclamé.

A las nueve de la mañana del siguiente día me presentaron ante el juez. Este habló desde un televisor: «*Time served*», eso dijo y firmó la sentencia.

Al siguiente domingo me entero por uno de los granizaderos del pulguero (testigo de la infamia) que al policía lo habían trasladado por el Jai Alai, un juego que, según me han dicho, es uno de los más rápidos del mundo. También el Sr. Juez firmaba las sentencias con suma rapidez.

EN VILLA MAXIME DESCANSO DEL ESFUERZO

En Villa Maxime, una clínica para enfermos mentales situada en Flagler y la 19 Ave. descansaba del esfuerzo de tener que pensar con coherencia. En ese hospital, como un paciente más, me sentaba en la sala de espera para disfrutar del aire acondicionado y del café americano, listo cuando la lucecita roja de la cafetera se apagaba. La sala que parecía menos amplia por las paredes grises, tenía una oficina con una ventanilla por la que, de tiempo en tiempo, se asomaba la recepcionista para, precedido por lo general de un largo bostezo, llamar al paciente de turno.

En otras ocasiones, y eran las más, la oficinista abría la ventanita (motivo siempre de sobresalto) para echarle un vistazo a los enfermos. Necesitamos estar vigilados, me decía yo. Pero, ¿qué se puede esperar de quienes van a una clínica a tratarse por trastornos en la mente? Por eso, cuando estaba allí, con toda libertad, dejaba explayar mis inhibiciones, incluso, adoptaba poses adecuadas al lugar.

Así que, una vez establecido mi desajuste me entregaba a uno de mis pasatiempos favoritos, el cual consistía en hallarle a una palabra las asociaciones posibles para posteriormente llegar al concepto. Por ejemplo: empezaba con el vocablo elefante, y seguía con muerte, cementerio, marfil, conquistador, hasta llegar al concepto de ambición. Pero, ¿qué pasaba? Había veces que me emocionaba tanto con mis descubrimientos lingüísticos que pronunciaba las palabras como si las viviera. Y ¡ya se podrán imaginar un grito de «elefante» en una sala de espera para ver al siquiatra! ¡Ah!, pero no se quedaba ahí, cuando a ese grito le proseguía el de «muerte», apenas cabía espacio para el terror que suscitaba. De manera que los locos, quienes ya me conocían por mis reiteradas visitas, me fueron considerando un aventajado entre ellos. En cuanto a la recepcionista —que llegó a preocuparse por mí, hasta el punto de verme como un insurrecto, con su andar parsimonioso y aquellas nalgas que también formaban parte de la terapia—, vino un día a donde yo estaba sentado y me preguntó:

—Señor, ¿se siente usted bien?

Y al ver que no respondía, me tocó en el hombro y volvió a preguntarme:

—Señor, ¿se siente usted bien?

Pregunta que, según mi propósito de no pensar lógicamente, terminé por responder:

«El nido del gorrión resiste las tormentas».

Ella me miró por encima de los lentes un tanto contrariada, y con un giro veloz de la cintura se encerró en su búnker. La señal de la lucecita del café nos precipitó hasta la cafetera. El café que se toma en vasitos de cartón, sentado en los bancos de mármol que hay a la entrada del edificio, y sin hablar.

Ningún otro lugar mejor que una sala de espera en una clínica de siquiatría para aliviar el peso de las res-

tricciones del Estado contra el individuo, de la proce-
losa interioridad contra la imposición de la legalidad.
A veces continuaba con la venta de prendas y, en otras
ocasiones, entraba a la biblioteca de la 21 Ave. y Flagler
hasta la hora del cierre.

UN POLICÍA DE MIAMI BEACH ME PROHÍBE ESTAR EN WASHINGTON AVE.

Cuando me quedaba a dormir en la arena de South Beach, cogía el ómnibus de regreso a Miami en la parada de Washington Ave. y la 6 calle, a la que llamaba el jardín de los pájaros. Allí se me podía ver temprano en la mañana, sentado en el murito que rodea el césped de la entrada del Arcadia House (nombre que aún recuerdo con fascinación), escuchando el canto de las avecillas en el ramaje de un frondoso flamboyán. Y llegó a gustarme tanto ese lugar que dejaba pasar los ómnibus con tal de disfrutar más tiempo de él. Puedo decir, sin temor a equivocarme, que ya era amigo de los tomeguines, los carpinteros, los gorriones, los judíos (bueno, de los judíos no tanto), y de muchos otros cuyos nombres ignoraba. ¿Que si hablaba con ellos? Claro que hablaba, especialmente cuando les recitaba las poesías de Khayyam, o les leía fragmentos del cuento de Washington Irving acerca del joven príncipe al que le habían prohibido el conocimiento de la palabra amor. Este fue no solo mi entretenimiento por espacio de varios meses, sino, además, la reafirmación de que entre la naturaleza y yo existía un vínculo más allá de la razón; un vínculo que solo es alcanzable a través de la poesía. Y, verdaderamente, hubiera seguido disfrutando hasta el infinito de las bonanzas del jardín de los pájaros, de no ser por la irrupción de una mujer policía en bicicleta.

—Buenos días, señor.

—Buenos días, señorita oficinal.

—Puede decirme qué hace aquí.

—Estoy escuchando el canto de los pájaros.

Tras este breve diálogo se deslizó de la bicicleta, apoyó un pie en el piso y acomodó sus piernas sobre el tubo que une el manubrio con el asiento. Inclinada hacia mí, con voz de autoridad ofendida me dijo:

—¿Tú no sabes que este es un lugar de *High potential drug*?

Y yo le contesté con toda la sinceridad que pude, pero sin apartar la vista de aquellas piernas:

—Yo solo he visto pájaros a mi alrededor.

En verdad, no sé si fue la franqueza de mi respuesta o la fijeza con le miraba la entrepierna, lo que la hizo bajarse de una vez del velocípedo y dar dos firmes pasos hacia mí con las piernas abiertas, una mano en la cintura y la otra apretada contra un palo, y empleó su lenguaje más violento:

—*I need to see your identification.*

Yo traté de decirle que no tenía, que mi única identificación (un carné del billar de Ramoncito, el babalao) se la llevó una ola mientras me bañaba en el mar. Pero me fue imposible articular una palabra. Lo que sí pude hacer fue dar muestra de mi nerviosismo ante aquellas goticas de sudor que fulguraban en las puntitas de los vellos de sus muslos. Por fortuna, ese estado de delirio duró poco, y logré al fin mostrarle una tarjeta destartalada de los cupones de alimentos. En ese instante, apareció otro agente de la ley. Con gran aspaviento metió el carro de patrulla hasta donde estábamos nosotros y, acto seguido, se bajó de este dispuesto a demostrar que con un hombre la cosa cambiaba. La mujer policía que hasta ese momento había permanecido con la papaya puesta literalmente en mi cara, tuvo la sensatez de dar unos pasos hacia atrás.

—Le pregunté qué hacía aquí y me respondió que escuchando el canto de los pájaros —le comunicó ella a su colega, y golpeó suavemente la palma de la mano con la punta del palo.

El policía, sin quitarme la vista de encima, no hizo más que terminar de escuchar y me tomó por un brazo, me levantó del murito de un tirón y me lanzó contra el auto patrullero. Empezó a registrarme.

—¿Por qué tienes el short mojado? —me preguntó luego de poner mis pertenencias encima del techo de la perseguidora.

Mientras trataba de hallarle alguna lógica a la pregunta del agente de la ley, y o lo que todavía me resultaba más difícil, una respuesta (qué sentido hay en preguntarle a un tipo en una playa por qué lleva el short mojado), pensaba en lo que debía estar disfrutando la escena la mujer policía y, por supuesto, también pensé en mis amigos los pájaros, quienes, por cierto, dejaron de cantar.

—Me bañé en el aguacero hace una hora —así dije.

El oficial miró a su colega como tratando de recordar si había llovido o no esa mañana. En realidad hacía tres semanas que no llovía en Miami Beach.

—Así que te bañaste en el aguacero —exclamó él, y se miraron los dos como si fuera algo del otro mundo bañarse en el aguacero. La pregunta siguiente fue más incriminatoria:

—¿De dónde sacaste ese dinero si tú no trabajas?

Se refería a unos cuarenta y pico de dólares que él mismo había puesto encima del auto, junto, entre otras cosas, a un sobrecito con tres manillas.

—No, señor oficial, yo no robo. Yo vendo fantasía.

El policía vació el sobre en la mano, cogió las prendas y las tiró de nuevo junto a mis otras propiedades. La mujer policía que había estado comunicándose con la central recibió el *ok*.

—Está bien. Recoge lo tuyo y te largas de aquí. Pero, escucha bien, no quiero volver a verte por aquí. Puedes andar por Collins, Jefferson, Alton Road, pero no por Washington, ¿me entiendes?

No le contesté nada. Qué podía decirle si sabía que el uso excesivo de la fuerza termina por destruirse a sí misma. Retomé mis cosas, entre ellas el *Contrato social* de Rousseu, y partí. ¡Ah!, pero qué tristeza sentí al no poder seguir sentándome en el jardín de los pájaros.

THE POET IN THE CRACK HOUSE

Empezaré diciendo que la muchacha a la que le propuse una pulsera, ni remotamente tenía aspecto de llevar un centavo encima. Sin embargo, si algo portaba consigo era su belleza; una belleza que lidiaba por mantenerse airosa ante los embates de las malas noches y la alimentación deficiente. Ahora bien, ¿cómo venderle una joya a otra joya? Ella no era la esclava que trataba de venderle, sino el alma misma del orfebre cuando le infunde al metal el aliento que lo haría imperecedero.

A mí me cautivó su manera de caminar, como si remara; la forma de pararse con las manos en la cintura y las piernas abiertas, y esa mirada de irresistible invitación a tendernos sobre la brizna recién cortada; y sin que venga la razón a interrumpir la labor de los sentidos. ¡Ah!, pero qué perverso fui al ofrecerle la prenda sabiendo que no llevaba dinero. ¿Acaso son estos los subterfugios que el hambriento instinto utiliza para sus fines?

—¿Quieres un *blow job* por la esclava?

La pregunta, no por esperada, dejó de sorprenderme.

—Sí —respondí como bajo juramento.

Y mientras aguardaba por su iniciativa, pensé que la majestuosidad de la expresión con que manifestó la propuesta, se debió a que no empleara el equivalente en español. Y es que hay algo literario en esa expresión inglesa que destila decoro.

—Sígueme —me dijo con un relampagueo de la mano.

—Está bien —le respondí con esa excitación que anula los temores.

Y la seguí a corta distancia. Y pronto atravesamos el mediodía; y cada calle era semejante a una extensión de arena donde todo parece estar en movimiento; quizás, fuera obra del resplandor, aquel tremor de las casas de profundos cimientos. No te extrañes si al girar en una de las esquinas hayas a un poeta o a un asesino. Sí, he sentido miedo en esas calles.

—Esta es la casa —me indicó ella y entró.

Yo permanecí unos segundos en la entrada, todavía sujeto a las impresiones del camino. Luego, miré con alarmante curiosidad lo que tan tranquilamente ella llamaba casa. En esa casa, las ventanas que debieron de haber sido de aluminio habían desaparecido; otro tanto ocurría con las puertas. En el techo, a dos aguas, grandes boquetes permitían el paso del azul y el sol.

—Termina de entrar y no jodas más.

Esta vez su voz fue más imperativa, como si hubiera advertido en mí el temor que procrea el arrepentimiento o nos impele a la osadía. Cauteloso traspasé el umbral y pronto me vi sometido a un torbellino de olores: ahí estaba el olor de los vertederos, el de las mazmorras, el de las aguas albañales, el de los sótanos, el de los cines porno, el de las aguas de las flores marchitas, el de las medias encartonadas, el de la ropa remojada por la lluvia y aquel olor a sexo siempre reciente. ¡Ah!, olores, todos únicos y algunos deliciosos. Después venía la ropa amontonada en los rincones; tablas que pendían del techo o se erguían del piso; latas de comida abiertas a punta de cuchillo; aires acondicionados sin los radiadores, sin el cobre; televisores desarmados; computadoras con huecos en las pantallas; periódicos amarillentos; cartones dispuestos para dormir en ellos y en los que aún se sentía el calor humano; colchones rajados de una punta a la otra como si no cesara ahí la búsqueda. Y, de repente, en el recodo menos insospechado, una muñequita con su vestidito nuevo.

—Este es un maleficio. ¿O es que no sabes lo que es un maleficio? Así que acaba de sacarte la pinga de una vez.

He de decir que a mí mismo me sorprendió la erección, producida más por el entorno que por la idea que hasta allí me había conducido. Pero ya no podía pensar más, pues, arrodillada ante mi estatura estaba aquella hembra succionándome con brevísimos detenimientos el iris del glande, para luego sumergirse en lo hondo del enhiesto y en una ascensión voraz retornar a la abrasadora cabeza. Fue en ese momento en que escuché los primeros versos del monólogo de Hamlet:

«Ser o no ser: he aquí el dilema. Es más noble para el espíritu sufrir los golpes y dardos de la airada fortuna o armarse contra un Piélagos de calamidades y...».

—Pero no acabas de venirte y ya yo tengo que irme. Qué tú te crees, que voy a estar aquí mamando toda la vida.

—Espérate, ya voy a venirme.

«Esta es la dificultad, porque es forzoso que nos detenga el considerar qué ensueños puedan asaltarnos en el sueño de la muerte».

—¿No oyes esos versos? ¿Quién es el declamador?

—Pero, qué versos ni un carajo. Me voy.

«Ninfa mía, en tus plegarias acuérdate de mis pecados».

Ella se precipitó hacia la calle y yo pregunté en voz alta:

—¿Eres tú, Hamlet?

—«Sí, soy yo. Hamlet u Ofelia, o como quieras llamarme».

La voz provenía de la última habitación. Fui hasta allí, y lo encontré metido en el hueco de una máquina lavadora de ropa. Me recibió con una sonrisa y dijo:

—Todos vienen con una mujer y se van; pero tú te quedaste, ¿no es cierto?

Por un instante no supe qué contestar y él, al notar mi turbación, prosiguió hablando con la misma voz que me hiciera olvidar la *felatio*.

—Imposible resistir el canto de las sirenas. Odiseo y Hamlet se complementan. Ahora dime, ¿quién eres tú?

Creí que cualquier respuesta que le diera podía comprometerme, y opté por inclinar la cabeza a modo de saludo, y marcharme.

Al cabo de tres semanas, deseoso de volver a ver a aquel singular poeta, regresé al «maleficio», y en su lugar, para mi consternación, encontré un terreno baldío con un letrero que decía: *No Trespassing*.

UN RECUERDO DE UN JOVEN ARTISTA

Vinieron, y se sentaron a mi lado en un banco de la parada de Government Center. Eran dos jóvenes que no pasaban de los diecisiete años, e iban vestidos de negro, con ropas holgadas. Tanto él como ella llevaban las manos adornadas con anillos plateados; y de sus cabellos, que eran amarillos, destellaban rayitos que al sol debieron de hurtar. Sendas argollas igualmente plateadas pendían de las orejas de ambos chicos. Y de sus cuellos, más por espectáculo que por firme creencia, colgaban pequeñas cruces de madera sujetas por un cordón de piel. Él, un tantico más alto que ella, portada una mochila a su espalda y debajo del brazo una cartulina enrollada atada por una liguita roja. La muchachita, por su parte, tenía unos libros en la mano y en el bolsillo de la chaqueta un puñado de pinceles. ¡Ah!, y una rosa tras la oreja.

Yo me encontraba leyendo *El retrato del artista adolescente* y, de inmediato, postergué la lectura, pues entendía que Joyce contaba con todo el tiempo del mundo. De modo que me propuse entregarme por entero a su conversación; y como para escucharla solo necesitaba del sentido del oído, quedaba así eximido de la indiscreción. ¿De qué conversarán? ¿Hablaran sobre arte?; o quizás de la última lección que recibieron en la escuela. Aunque, seguía pensando, no me parece que hablen sobre la última lección que recibieron en la escuela, porque a esa edad no vuelve a pensar en la clase, al menos por ese día, una vez que se deja atrás el aula. Pero, ¿quién ha dicho que son escasos los temas para dos adolescentes que se aman?

—Mi mamá dice que el matrimonio es una cosa muy seria —le manifestó ella a él, mirándole a los ojos.

—Sí, tan seria que solo podemos vernos en la escuela —replicó el jovencito sin ánimo de enojarla.

Ella acercó sus labios a los de él, y cuando el beso iba a gestarse, con estudiada brusquedad se apartó y le dijo:

—Hablamos por teléfono, ¿no?

—Ah, sí, por teléfono —señaló él y bajó la cabeza, como perturbado.

Ella, para consolarlo le pasó la mano por los cabellos y volvieron a juntarse como antes del incoativo beso; entonces, con voz más tierna, le comunicó:

—Ya le he hablado a mis padres de ti. Quieren conocerte. ¿Por qué no vas a mi casa a pedir mi mano?

La inesperada proposición sacudió al joven, quien, para recuperar el aplomo jugueteó unos segundos con la liguita de la cartulina. Y, sin mirarla a ella, como si se avergonzara, le dejó saber lo que pensaba:

—Estás hecha a la antigua. Ya nadie pide la mano de nadie.

La respuesta parecía estar ya prevista:

—No es cierto que me quieres.

—Sí, te quiero —afirmó él, esta vez con la mirada centrada en los ojos de ella, intentando reforzar sus palabras.

—Entonces, ¿por qué no vas a pedir mi mano? —dijo ella, al tiempo que, con el índice de la mano derecha le levantaba la barbilla, a él, que nuevamente había bajado de nuevo la vista ante la inexpugnable pregunta.

—Está bien. ¿Quieres que vaya mañana? —expresó él con decisión y ese sentimiento, no de quien se ha visto conminado, sino del que en verdad ama. Quedaron tan juntos que casi no había espacio para las palabras. Sin embargo, ahora la muchacha era la que parecía turbada. Daba la impresión de que se había encerrado ella misma en una habitación y que, habiendo dado de un modo casual con la forma de salir, se había vuelto a encerrar para abrir de nuevo la puerta con conocimiento de causa. Le devolvió la pregunta:

—¿Y te atreverías a ir mañana?

Pensé que le correspondía al joven encontrar ahora la salida. Esta, la única, no tardó en hallarla:

—Claro que sí. ¿No te he dicho ya que te amo? —ratificó él con vehemencia.

Ella sonrió, y las lágrimas que en sus pupilas se asomaban descendieron lentamente por las mejillas entre pecas y tenues sinuosidades del acné, hasta llegar a unos labios aptos para el ansiado beso. No obstante esto, los enamorados otra vez se separaron y sobrevino un momento de abrumador silencio, el cual consideré oportuno interrumpir:

—Disculpen, ¿quieren ver una manilla que vendo?

Mi intromisión, tal y como había pensando, canalizó la tensión y se volvieron hacia mí con entusiasmo.

—¿Cuánto quieres? —me preguntó ella, luego de verla.

—Veinticinco dólares. Mucho para ustedes, ¿verdad?

—Podemos hacer algo —interrumpió él—, si quieres te hago una caricatura por la pulsera.

—De acuerdo —contesté casi sin pensarlo, y agregué—, pero quiero decirte que acepté el trato más por la idea que has tenido que por la caricatura misma.

Ellos se sonrieron. Y en cuestión de minutos el joven artista trazó sobre la cartulina un rostro que, únicamente los espejos que hay dentro de uno pueden reflejar.

Este, su trabajo, cuya calidad fui incapaz de juzgar, lo mantuve conmigo durante años. Para el tiempo en que lo perdí (y creo que fue en el mar) ellos ya debieron de estar casados, y, quizás, con uno o dos hijos. Sé que de mí obtuvieron la parte perdularia de mi alma; y yo, de ellos, lo más casto de la vida: una conversación entre dos jóvenes enamorados.

UNA MANILLA POR UN DICCIONARIO

El destello de una hilera de copas bocabajo en el anaquel y el resplandor de las luces de un navío, donde la noche se une con el mar, me esforzaron a admitir la capacidad de la mente para retener determinadas imágenes. A mí espalda, en una zona más umbrosa, una docena de mesas con mantel rojo esperaban lista el comienzo de la velada nocturna: el amor viciado por la duda o el crimen fraguado por el odio. Los jóvenes apuraron sus cervezas y comenzaron a prestarnos atención.

—Quiero enseñarle la manilla a mi enamorado —me pidió la muchacha luego de haber mirado un rato la prenda—. Ese, el de la camisa blanca —me señaló al más corpulento de los dos.

—Sí, llévasela.

—¿Cuánto pides para decírselo?

—Todavía no le he hecho la prueba del limón.

—No, está bien. Se ve que es buena.

—Dile que treinta y cinco. Yo voy a estar aquí.

La dependiente se fue al otro extremo del mostrador con la prensa y al cabo de unos minutos, me llamaron.

Fui a donde estaban ellos y fue cuando noté que el de la camisa blanca tenía un diccionario sobre las piernas. Era un Aristos.

—¿Cuánto quieres por esta manilla? —me preguntó el enamorado de la empleada del bar en cuanto llegué. El que lo acompañaba lo tocó por el hombro y salió del local.

—Mi vida, el señor quiere treinta y cinco —interrumpió ella y le acarició la mano.

—Veinte es lo que te doy.

—Vamos a hacer una cosa, dame los veinte dólares y el libro que tienes ahí.

El joven me miró sorprendido. Quien vende una prenda de procedencia dudosa en un bar, no es alguien que se preocupe por un libro. Él se quedó pensativo. En eso habló la chica:

—Dale el libro, papi, después te buscas otro.

—Está bien, pero nada más te doy veinte y el libro —me dijo, todavía dudando de si debía hacer o no el negocio.

Mientras esperaba a que me diera el dinero y el diccionario, pensé que, al fin y al cabo, todo lo que hace un hombre es con vista a una mujer, excepto filosofar. Un último pensamiento, antes de salir del bar, me presentó la vida como un hecho erótico y estético.

LA PAGA DEL TRABAJO HONRADO

Cuando llegó el día para elegir al Comisionado de Miami, el Sr. A. —más conocido por Rabo de Mula, porque se recogía el pelo con una liguita—, me habló para que trabajara con él en las elecciones, en apoyo al candidato Sr. C. Y, como ya llevaba varios años sin ganarme un dinero honradamente, acepté. Quedamos en vernos la mañana del siguiente día en la cafetería Oti, en la 8 Ave. y la 3 calle del S.W., a las siete en punto.

Llegué a la cita con quince minutos de antelación. Me sentía ufano, no por los sesenta dólares que me iban a dar, sino por el modo en que me los ganaría. Me senté en un quicio frente a la cafetería (el sol parecía una moneda al rojo vivo), y esperé a que llegara el jefe, quien, como era de suponer se apareció a las ocho de la mañana, en un van con tres hombres y su lugarteniente, el Sr. Singa Perra, a quien ya conocía. El Sr. A., siempre tan atareado, me presentó a sus hombres y, entre ellos, al que trabajaría conmigo, al que él llamó «mi pareja», un hombre de raza negra llamado Juan. Me acomodé como pude dentro de la Van, entre cajas con propaganda política y algunas pancartas, y partimos hacia la 14 calle y la 27 Ave. Del N.W., donde quedaba el colegio electoral cerca del cual trabajaríamos.

Durante el viaje, por fortuna breve, el Sr. A. nos instruía acerca de cómo debíamos realizar nuestro trabajo y lo que significaba para nuestra ciudad si ganaba el Sr. C. «Es su momento histórico» —señaló Singa Perra, que confirmaba cada palabra de la perorata con una movimiento dela cabeza, mientras revisaba la lista de los otros miembros de la «cuadrilla», que debíamos pasar a recoger. Por fin llegamos al punto, en el barrio de los boricuas.

Al bajarnos de la Van, nuestros adversarios políticos nos recibieron con gritos de Abajo el Sr. C., y otras agresividades, al tiempo que levantaban y agitaban sus pancartas.

Enseguida nos dieron los cartelones, las tarjetas con el número de urna del Sr. C. y nos ubicaron por parejas alrededor del colegio electoral. Nos prometieron que al mediodía nos traerían el almuerzo, y partieron tras una andanada de instrucciones. Juan, de entrada, me dijo que padecía de la columna y que iba a ver si conseguía una caja o algo para sentarse. Yo le dije que trajera dos.

A eso de las diez de la mañana —habíamos permanecido sentados todo ese tiempo con los cartelones entre las piernas—, los alrededores del colegio parecían un hervidero político: altoparlantes, letreros, bocinas, agravios, obcenidades y, por supuesto, mucho fervor.

A medida que pasaba el tiempo, la atmósfera entre los grupos opositores se fue caldeando; aun cuando todo el mundo estaba por la paga. Juan permaneció sentado y yo me puse de pie, no porque estuviera muy entusiasmado, sino porque tanto tiempo sentado también cansa. En ese instante pasó una camioneta y una voz de mujer me gritó: «puñeta, me jodiste con una manilla falsa». Se trataba una boricua a la que le había cogido treinta dólares unos tres meses atrás. La camioneta siguió de largo y la gente que logró escucharla, interpretó aquello como parte de la euforia política, así que, sin preocuparme mucho, continué agitando la pancarta. Como quiere que fuese, no existe tanto diferencia entre un estafador y un político.

A eso de las doce del día, les llegó el almuerzo a nuestros contrarios, y a nosotros, nada. Me dieron ganas de pasarme al bando opositor, con tal de que me dieran un centavo más. Esto se lo comuniqué a Juan, quien tiró el cartelón a un lado y se levantó del cajón a ver si conseguía un cojín.

No nos quedaba otra opción que esperar por Rabo de Mula y Singa Perra. Después de todo eran hombres de palabra.

A las dos de la tarde, cuando la indignación había sustituido al hambre, se aparecieron nuestros jefes y, con mil justificaciones, nos dieron a cada uno un bocadillo de jamón y queso y una cocacola. Y, tal como llegaron, se subieron a la Van y partieron, con la promesa de que a las siete de la noche, a más tardar, nos traerían «el gallo». Le dijimos que todo iba bien y retornamos a nuestros puestos.

Las horas restantes resultaron más animadas. El Sr. C., nuestro respetabilísimo candidato, hizo acto de presencia en un flamante automóvil. Al verlo, de inmediato nos pusimos de pie y agitamos las pancartas. Venía rodeado de sus más cercanos colaboradores; llegó a donde estábamos y nos estrechó las manos y nos preguntó cómo andábamos y qué tal había sido el almuerzo: y nosotros le contestamos que mejor no pudo haber sido. Después de posar para las cámaras de televisión, levantó el puño de la mano derecha en señal de victoria, dio media vuelta al estilo militar y, seguido de su séquito, desapareció en su auto de cristales oscuros, bajo una algarabía enorme que incluía bufidos, trompetillas y hasta insultos provenientes del bando contrario; quienes, además, habían hecho un muñeco de tela y paja con su figura y un letrero que decía: «Cara de bollo». Tras este interludio vinieron dos horas de mayor actividad, las que Juan denominó: «recta final».

En esas dos horas repartimos casi todas las tarjetas que nos dieron y convencimos a mucha gente para que votara a nuestro candidato. Esas fueron —como ya dije—, las dos últimas horas.

A las siete de la noche el colegio cerró y todo, poco a poco, se fue normalizando. Nuestros adversarios políticos obtuvieron la paga y se marcharon.

A las siete y media de la noche solo se veían algunos cartelones por el piso y nosotros, que éramos cuatro, esperando todavía por Rabo de Mula y Singa Perra.

A las ocho y cuarto decidimos regresar a donde nos habían recogido. Una hora más tarde estábamos sentados en un banco del parque Martí, pensando en lo que podíamos hacer. A uno se le ocurrió ir a la sede de las elecciones en la 15 Ave. y Coral Way. Logramos que alguien nos llevara por cinco dólares y llegamos allá. Era un local amplio y estaba repleto de gente; de entre el gentío nos salió al paso nuestro jefe, seguido por su lugarteniente. Con su acostumbrado aire de quien todo lo resuelve y dando muestras de estar sumamente atareado, nos dijo:

—Hay que esperar hasta mañana, los cheques todavía no están.

Y como siempre Singa Perra, detrás de su jefe, confirmó con un movimiento de cabeza lo que este decía.

Nos abrimos paso entre la algazara y la expectación (todavía no se conocía el resultado de las elecciones) y salimos del local. Yo me separé del grupo al recordar que traía una manilla. Les dije que los vería al día siguiente por la mañana para ir a casa de Rabo de Mula a buscar el dinero, y me fui por toda la Coral Way como un soldado que deserta y que, más o menos a tiempo, se pregunta por qué tiene que matar.

En la gasolinera de la 27 Ave. y Coral Way logré vender la manilla en cuarenta dólares a un tipo que parecía un levantador de pesas, pero lo mismo se la hubiera vendido a un policía.

Tres semanas transcurrieron para que pudiera cobrar los sesenta dólares. La justificación de la tardanza fue que el Sr. C. perdió las elecciones y que la campaña se había quedado sin fondos.

SE QUERÍAN QUEDAR CON MIS FANTASÍAS

Me pusieron las esposas y me llevaron a la oficina en los altos, al final del Flea Market. Mientras subía por la escalera me recriminaba a mí mismo por haberme descuidado. Por otra parte, era inevitable: alguien me vio proponiendo la manilla en el parqueo y le dijo a los guardias de seguridad que un tipo estaba tratando de vender una prenda robada. Pero, ¿por qué me preocupaba si llevaba conmigo el recibo de compra'

En la oficina —me recordaba las palomeras de algunas casas— me esperaba el jefe de los guardianes. En cuanto me vio aparecer escoltado por dos agentes, bajó con impetuosidad los pies del escritorio, corrió la silla hacia atrás y, de pie, preguntó qué pasaba, al guardia de a mi derecha, un haitiano.

—Lo cogimos en el parqueo vendiendo esto —dijo, y le mostró la manilla a su superior.

Este se la pidió para verla y apenas la cogió, expresó con una risita escatológica:

—Así que vendiendo prendas robadas.

El uniformado a mi izquierda le hizo una seña al *boss* y salió de la oficina. En una pared, un uniforme azul colgaba de un perchero; en otra, un cinturón con una cartuchera vacía. Detrás del escritorio, en un cuadro de unas diez pulgadas, la sonrisa de una mujer con una niñita sobre las piernas. La foto parecía reciente. No había nada sobre el buró, salvo un palo corto, con un cordón para ajustarlo a la mano. El jefe le ordenó a su subalterno que me quitaran las esposas. Enseguida que me vi libre las manos, me froté las muñecas más de la cuenta para hacerlo sentir culpable. De modo conciliatorio dije:

—No son robadas, sir, las compro para revenderlas.

El afronorteamericano, quien tenía que encorvarse para no golpear con la cabeza el techo de la oficina, le lanzó una mirada interrogativa al haitiano, que parecía clavado a mi lado, y me ordenó vaciar mis bolsillos encima del escritorio. Entre lo que cayó en el buró, además del preservativo del que nunca me separo, estaba un sobre con tres manillas y el comprobante de compra. El principal de los agentes no hizo más que ver el sobrecito y lo agarró. Vació el contenido en la mano y lo sopesó. Los ojos le brillaban más que el dorado de las prendas. La fijeza con que me miraba el haitiano me inquietaba menos que su inmovilidad. La decepción del jefe vino después de leer el recibo donde aparecía la descripción de las prendas y el valor de estas por unidad. No obstante, y todavía no convencido del todo, quizo probar fuerza:

—Reposición. Nos quedamos con las prendas —eso dijo.

Un «no» nos condena para toda la vida —decía Cafavis en uno de sus poemas—. Y ese «no», en algún momento, es quizás nuestra única defensa ante el uso desmedido del poder.

—Si no me devuelve las manillas, me tiene que arrestar —alegué con firmeza.

Volvió a meter las pulseras en el sobre, una a una, como el que acaba de perder una apuesta. Por último, le agregó el recibo y, de espaldas a mí, me mandó a recoger mis cosas y a marcharme.

Bajé por la escalera delante del haitiano. Si hubiera mirado hacia atrás habría recordado el sobresalto de una pesadilla, quizás una noche antes, o tal vez, dos. El celador me acompañó hasta la salida del Flea Market. Inesperadamente me deseó buena suerte.

Crucé la avenida y entré en la estación del tren. Hay una que va hacia el norte y una que va hacia el sur, pero es lo mismo.

UN TESTIGO DE JEHOVÁ ME HABLA DE DIOS

Si no fuera por el aguacero, vería la línea del tren Antrak, la pista del hipódromo, las copas de los pinos y
más allá el cielo; tal vez menos distante que estos pensamientos con los que ahora me distraigo mientras espero a que escampe.

—Perdón, señor, ¿quiere leer esta revista?

Me volví hacia ella, a quien no había visto a pesar de
que estábamos bajo el mismo cobertizo. Había salido de
atrás de una columna y ahora se hallaba junto a mí con
un ejemplar de la revista *Despertad* en la mano, y aquella
sonrisa virginal, y aquel vestido más largo que ancho,
y esos senos que enseguida me hicieron remontar a la
cima del Monte de los Olivos y aspirar el olor de la brisa,
de la vegetación, de la tierra; que me hicieron decir:

—Está bien, dámela.

Y se efectuó el contacto de las manos; de nuestras
manos húmedas como debieron de haber estado las
mejillas de María, cuando la crucifixión de Jesús. Y vi
que por sus brazos se deslizaban hilillos de agua que los
vellos tornaban sinuosos; y que los obligaban a desha-

cerse hasta que, vueltos a formarse de nuevo, marchaban airosos en gotitas continuadas por las sendas de sus dedos. Esas gotas nos unieron en la verdad divina.

—Solo Jesús salva —me murmuró con los labios temblorosos.

Pero yo ya no escuchaba sino el viento entre sus cabellos, viento perfumado. Y por un instante olvidé el Muro de las Lamentaciones que la lluvia formaba y me entregué a ella.

—¿Me salvaría usted? —le pregunté casi sin fuerza, debilitado por los largos ayunos de la impiedad, de la culpa, del maldito cielo encapotado.

—Solo Él puede salvarte.

Y quise decirle que ya era tarde, que me era imposible descender de la cumbre de la umbrátil conciencia, pero no pude.

—También usted puede salvarme —insistí.

Ella se quitó las sandalias; chapoteó el agua con los pies y me dijo con una voz que invitaba al deseo:

—Anda, sácate tú también los zapatos y oremos al Señor.

La obedecí. Y allí, en medio de la tormenta, con las manos entrelazadas, las frentes bajas y los ojos cerrados oramos al Señor. Al acabar, permanecimos un rato sin hablar, sin separarnos, y dejando que la lluvia nos mojara, nos empapara.

—Se nos ha mojado la revista —le hice saber, en un esfuerzo por no dañar su pureza con mis pensamientos.

—Estás salvado. No importa lo demás.

Eso fue lo último que escuché de sus labios. Partí bajo el temporal con las manos en los bolsillos, donde guarda la proterva de mis días.

LA PULSERA DE PLATA

En el hospital Jackson Memorial en el N.W. de Miami, alrededor del pabellón de ginecología, hay un canal bordeado de mangles, de aguas más ennegrecidas que profundas. Árboles con los cabellos trenzados se encorvan hacia las aguas mustias. Alguna garza se posa sobre estas aguas y al instante emprende el vuelo. A veces, alguna madre con el neonato en los brazos, parada en la ventana de su cuarto, hace desvanecer la melancolía en la mirada de quien observa la lobreguez de ese lugar.

Una o dos horas pasaba yo recostado a la baranda, mirando la oscura superficie de aquel cauce en el que, para mi íntima satisfacción, había vida; y, por lo tanto, también había formas perfectas de la naturaleza; y esta perfección que es armonía, me hacía ver la belleza. Luego cruzaba la 12 Ave. y me sentaba en un muro de la entrada principal del hospital para tratar de vender mis manillitas:

... al inválido, al de la pierna enyesada, al del suero que le cuelga del brazo (acompañado siempre por una joven doctora); a la mujer embarazada que se sostiene el vientre con las manos; al escuálido hombrecillo con manchas plomizas en la piel; al paciente recuperado que sale a tomar el sol y que mira la vida, la mira con mirada nueva; al que va con pasos despreocupados a hacerse un chequeo médico de rutina, sin saber que solo le queda un mes de vida; al de las rosas para la mujer que lo espera con el primogénito; al que va regularmente al hospital por su medicina y vive, que ha logrado vivir con su enfermedad; al que va a visitar al amigo que murió esa misma mañana. ¿Qué me animaba a procurarle a un dolor otro dolor, quizás menos agudo? ¿La necesidad del remordimiento, de la autolaceración? Todo lo que de mí se aleja es lo que quiero. Un día, apoyado en el concreto del muro, escribí estos versos dedicados a S.I.D.:

Un beso muere cerca de tus labios
donde me condeno. Muerto al fin,
el sentimiento de haber podido
amar, y no la idea del amor.

Ese mismo día, le vendí una manilla a una negra norteamericana. Por la manera que iba vestida me pareció que podría trabajar en una oficina del hospital.

—*I don't want you to fuck me. I'is gold?* —me preguntó en cuanto le mostré la prenda.

—*Look it yourself* —le dije y se la di para que la viera. En verdad no tenía mucho interés en venderle la pulsera. Se veía una mujer autoritaria y demasiado segura de sí misma. No se trataba de buscar el dinero del día, sino de evitar, en lo posible, el problema de mañana. Quiso saber el precio.

—*Twenty five dollars.*

—*Listen, man, it is no gold, I am going to kick your ass. Here, take de money. Twenty.*

—*Ok* —dije y cogí el dinero.

Me alejé del hospital.

Pasaron unos dos meses y un día que amanecí en South Beach solamente con el dinero del ómnibus para volver a Miami, y tres manillas (podía venderlas en la playa, pero había tenido problemas con la policía que me cogió tratando de venderle una a un turista alemán), me encuentro tirado en la Ave. Collins una pulsera de plata. La pulsera, con un tejido semejante al de algunos pañuelos, conservaba la humedad del relente de la noche anterior y el olor de la piel cuando la ebriedad de amor excita los sentidos. Tomé café en Puerto Sagua (le dije que me lo pusieran a mi cuenta) y cogí la guagua que me dejaba en el Jackson Memorial.

No hice más que llegar y me encontré con la mujer que me amenazó con patearme el culo si la manilla no servía y, para colmo, iba vestida de guardia de seguridad, ¡y con pistola!

—*Don't you remember me? I want my fucking twenty dollars back* —me espetó en cuanto me reconoció.

En ese momento, inexplicablemente, la imagen de un pez en los estertores de la muerte en la orilla del mar vino a mi mente. El pez hacía desesperados esfuerzos por volver al mar. Cada salpicadura de una nueva ola parecía revivirlo. Me miraba como una persona. La mirada era semejante a la que se le dirige al cirujano que va a hacerle una operación difícil a alguien antes de anestesiarlo. Si yo no hubiera ayudado al pez habría muerto con él.

—*Listen, lady, this is what I have* —dije y le mostré la pulsera de plata.

—*Yeah* —pronunció, y de un tirón me la arrancó de la mano.

Se marchó sin decir nada más. Al rato, vendí una manilla en veinte dólares y me fui para el *Downtown* de Miami. Durante el viaje en tren, que ocupó cuatro paradas, traté de recordar si fue que leí o alguien me dijo, que Li Po se ahogó en un lago tratando de coger la luna.

LOS EXTREMOS DE LA DESESPERACIÓN

Una noche, en la arena de South Beach, empecé a reírme solo al pensar que mientras yo buscaba un sitio para echarme a dormir, a unos pies de mí, en la Ave. Ocean Drive, cientos de personas trataban de encontrar un lugar donde divertirse. ¿Es esta la invariabilidad del medio a la que se refería Confucio? Pero, ¿quién es el que puede mantenerse indiferente ante la atracción de los extremos? «No son muy superiores a mí estos *hombres modernos* con sus abrigos de cuero, con sus automóviles, su fría altanería, sus invulnerables cara de americanos», decía Hermann Hesse en *El placer del ocio.* ¿Debería yo pensar del mismo modo? Necesito volver a Confusio: «un hombre debe estar desprovisto de prejuicio, de obstinación, de egoísmo, y de avaricia».

—Está muy mística la luna hoy —me dice una jovencita que pasa junto a mí por la orilla del mar. Va con los zapatos en la mano y, quizás, se haya dado uno o dos tragos. Su vestido, que es blanco, pudo haber sido el de un hada. Ella se detiene unos minutos en espera de una respuesta que reafirme o niegue su observación acerca de la luna.

Ahora bien, sea cierto o no lo que me dice esta jovencita yo veo que hay un celaje que pronto va a cubrir a la luna; la luna que tiene un aro luminoso a su alrededor y que me dice, me anuncia la cercanía de la lluvia. Pero yo me limito a sonreírle, una sonrisa en la oscuridad que no sé si alcanzó a ver.

La muchacha hace un gesto con los hombros, de aburrimiento o de disgusto, y continúa por la ribera, con los zapatos en las manos y dejando que el mar le moje los pies. Yo la sigo con la vista hasta donde la noche, que es muy densa, me lo permite; y hago un esfuerzo por creer que no es el mar quien canta, sino ella, lo cual me rebosa de alegría y me reanima.

Ahora soy yo el que se ha puesto a andar nuevamente y no para seguir pensando en «esos hombres con abrigos de piel», sino en el que está echado en la arena, y en aquel sobresalto a medianoche, como si se golpeara la frente con el cielo.

LA VEZ QUE LA HONRADEZ ME LIBRÓ DE UN LÍO

Dos ancianitas: una, con espejuelos oscuros, de los que suelen usar los recién operados de la vista; la otra, de menor edad, iba a su lado con una compra del supermercado Winn-Dixie, en la 37 Ave. y la 7 calle, en el N.W. de Miami. Se dirigían hacia su auto, en el estacionamiento del negocio.

Yo acababa de salir de atrás del Centro comercial, donde, debajo de un árbol, me puse a leer un rato *En busca del absoluto* de Arthur Koestler. En mi primera ronda por el parqueo, vi a las ancianas, y casi por hábito les propuse una manilla.

—¿En cuánto me la das? —quiso saber la de menos edad.

—Déjame verla —intervino la otra.

—Mírela —le dije y se la di.

Ella la cogió y tras pegársela literalmente a los cristales oscuros de los espejuelos, se la dio a quien parecía la hermana. Luego pasó a explicarme:

—Me operaron de la vista hace una semana y no puedo ver bien todavía.

—Sí, así es —confirmó su acompañante.

—Bueno, viejita —dije yo—, usted no tiene por qué preocuparse mucho por eso, ya verá bien. Además, no creo que necesite ver muy bien para ver que le estoy vendiendo oro.

Ellas se sonrieron, pero yo sabía que había sido un poco cruel.

—Aquí está el kilataje, ¿cuánto quiere por ella?

—La vendo en cuarenta dólares.

Seguimos caminando hasta llegar a su auto. Nos detuvimos a unos pies de este. Cuchichearon entre ellas. Por último, me dieron lo que les pedí. Sin mirar el dinero, me lo guardé en el bolsillo del pantalón. Ellas entraron a su coche y partieron. Vi como se pararon detrás de otros carros que esperaban a la salida del parqueo para incorporarse al tráfico de la 37 Ave. Saqué el dinero que acababan de darme para reunirlo con otro que tenía, y fue cuando advertí que en vez de dos billetes de a veinte, como suponía, me habían dado uno de cien y uno de a veinte. Rápidamente miré a ver si todavía estaban esperando para irse, y al comprobar que sí, sin pensarlo dos veces, corrí a devolverle lo que me habían dado de más. Cuando estuve junto al carro, le di unos golpecitos a la ventanilla del conductor con los nudillos. Enseguida que me reconocieron, bajaron el cristal.

—Me dieron este billete de a cien —dije, y les mostré el dinero antes de que me preguntaran qué pasaba.

—¿Te di un billete de a cien? —me preguntó la más joven; la única que podía conducir el automóvil.

—Sí, aquí está, míralo.

Ahora las dos ancianas me miraron sorprendidas, pero más por el hecho de estarles devolviendo el dinero, que por haberse confundido.

—Gracias, mi hijito. Déjame ver si por acá tengo uno de a veinte. ¿Ya te di uno, verdad?

—Sí, ya me dio uno.

Unos carros, detrás del de ellas, tocaron el claxon. Les hice una seña con la mano para que se fueran por el lado. Me dieron el billete de a veinte y yo les di el de cien. Volvieron a darme las gracias, y partieron.

Esa noche, en la arena de South Beach, iluminado por una escurridiza luna, en un rectángulo de papel cartucho, escribí: «un hombre no tiene por qué parecerse a lo que hace, pero lo que ese hombre hace sí es exactamente lo que él es». Y transcurrieron los días.

Una tarde, en la parada de ómnibus de la 12 Ave. y la calle 8 del S.W., en Miami, le proponía una manilla a una mujer, cuando se detuvo un Ford blanco frente a mí, del tipo que usa la policía encubierta. El conductor me llamo, y fui a ver lo que quería.

—¿Qué tienes en la mano? —me preguntó con agresividad.

—Una manilla, señor —dije y se la mostré.

—¿Sabes quién soy yo?

Pensé en decirle que si no me lo decía cómo iba a saber quién era, pero después opté por asumir mi papel de sometido.

—Supongo que policía —le respondí, al tiempo que observaba un cambio paulatino en la expresión de su rostro. Una variación comparable a la que se produce en el semblante del que va a matar a alguien, y de súbito, advierte que no es a él al que deseaba matar. Lo que el agente de la ley expresó a continuación corroboró mi percepción.

—Te puedo arrestar por esto (señaló la pulsera), pero tuviste una buena acción con mi abuela. Hace un mes y pico le vendiste un pulso igual a ese en cuarenta dólares, ¿no es cierto?

—Sí, así fue —le hice saber con voz entrecortada por la emoción (y un poco de actuación también).

El policía siguió hablando, y mientras hablaba, yo recordé un cuentecillo de Schiller que aparece en su libro *Cartas para la educación estética del hombre*. El cuento trata de un viajante que ayudó a un hombre herido a la orilla de un camino sin esperar nada a cambio.

—... mi abuela me contó que te dio un billete de a cien por uno de a veinte, y que se lo devolviste —aquí hizo una pausa para mirarme fijamente a los ojos—. ¿Tienes hambre?

—Sí, tengo hambre.

Busco en el asiento del auto un cartucho de McDonald's y me lo dio.

—Cógelo. Es un *Big Mac* y papas fritas. Acabo de comprarlo.

Cogí el cartucho. Me dijo que no me metiera en problemas, y se marchó. Seguí a pie por toda la 12 Ave. hasta Flagler. El sol parecía una lámpara de interrogatorio. En el estacionamiento de autos de Lulas Fashion vendí la manilla en cuarenta dólares.

Detrás del supermercado Sedanos veo a Alberto, un pintor con talento que vive en un Van, le pregunto si quiere el *Big Mac*. Me dice que sí, y se lo doy. De repente, me dan ganas de leer a Paul Valéry, miro mi reloj de pulsera y veo que todavía faltan dos horas para que la biblioteca cierre.

UNA CADENA DE ORO EN UN ZAPATO

En la arena de Miami Beach, de noche, el joven H. se arrastra como una culebra y le sustrae la cartera a las parejas que hacen el amor. Había otros, por supuesto, que también se dedicaban a estos menesteres. Pero este jovenzuelo con el que conversé en varias ocasiones, era de todos, el más habilidoso. Claro que contaba con una formidable ayuda: la oscuridad. De ahí que, en las noches de plenilunio, salvo algún insensato, los ladrones se tomaban un descanso. En cuanto a la policía, casi nada podía hacer ante la pericia de estos malhechores invisibles.

Conocía a H. en la época en que yo pernoctaba en la arena de la playa. De unos cinco pies seis pulgadas, y de poco hablar, tendría a lo sumo unos veinte años. Lo ayudaba para su trabajo, una vista agudísima y la serenidad. Laboraba por lo general los fines de semana, y lo que obtenía le bastaba para pagar un hotel durante un mes en la playa. En los ratos libres, que eran muchos, se dedicaba a pintar paisajes marinos. Decía que el mar, por estar siempre en movimiento, era irrepetible; es decir, que podía pintar infinitos cuadros marinos sin que ninguno se pareciese. Quizás fue esta inclinación hacia el arte y a la transgresión de la ley (Francois Villon es uno de mis poetas favoritos) lo que fundamentó nuestra amistad, a pesar de nuestras contadas conversaciones.

Generalmente lo veía entre las once y las doce de la noche, hora en que, tanto él como yo, llegábamos a la playa. Charlábamos unos minutos acerca de su última adquisición y sobre su pintura; y yo me retiraba a dormir y él, a robar. Uno de esos días, a eso de las tres de la mañana, me despertaron los gemidos que ilustran las buenas templadas. Y eran estos, en verdad, tan fervientes que no tuve otra alternativa que prestarles atención. Se trata de una pareja de jóvenes: él negro y ella blanca, él debajo y ella arriba. Estaban sobre las sillas reclinables que de noche apilan y de día rentan a los bañistas. Yo me hallaba al pie de ellos, acostado sobre la arena. De manera que para verlos solo tuve que levantar un poco la cabeza. Se encontraban tan cerca de mí que pude diferenciar entre el perfume que ella usaba y el olor vaginal. Las caderas de ella girando y la ropa de ambos a un lado. Y ¡vaya sorpresa! En uno de mis fisgoneos, veo una mano que se mueve cerca de la ropa y que me dice (como si avivara una candela) que me vaya. En el acto me moví de lugar.

—¿Qué hubo? —le pregunté una hora más tarde a mi amigo.

Sacó una cadena del bolsillo y me dijo:

—Estaba dentro de un zapato.

Se la pedí para verla. Era gruesa, del tipo martillada y con una medalla. Le calculé el valor según el peso y se la devolví.

—Aquí debe de haber unos doscientos dólares en empeño —me aseguró sin envanecerse.

—Sí, yo también pienso eso —respondí y miré a mi alrededor. Pero todavía estaba lo suficientemente oscuro como para distinguir algún movimiento en la arena a menos de veinte pies. Faltarían aún unas dos hora para que amaneciera.

Él trazó con los pasos una parábola en la arena; recorrió la mirada por el horizonte (tal vez un poliedro de luces lo detuvo unos segundos) y, como si hablara con él mismo, dijo:

—Tengo que seguir. Guarda esta cadena. Te veo aquí luego.

Nos encontrábamos al comienzo de South Beach. Hacía más de una hora que había cesado la música de Collins Ave. El mar dormía como un bebito.

—Escucha, amigo, a estas horas la policía debe de estar buscando al que se llevó esta cadena, y tú todavía quieres que te la guarde. Prefiero darte ochenta dólares por ella ahora mismo, que es lo que tengo aquí, arriesgándome a que no sirva.

Él se quedó pensativo, pero no me pareció que pensara precisamente en el negocio que le proponía. En lo alto una nube cubrió el asta de la noche. La oscuridad era tan densa que se podía tocar. Él volvió a hablar y pareció como si las palabras hubieran estado ya, desde antes, en su sitio:

—No, no me des nada. Véndela y tráeme cien dólares la semana que viene. Si esa cadena no fuera de oro, ese tipo no se hubiera preocupado por esconderla tanto. Si logré dar con ella fue porque vi cuando la metió en el zapato.

—¿Por qué confías tanto en mí, yo no soy menos ladrón que tú?

—Somos unos rebeldes.

Eso fue lo último que dijo. El olor de la mañana comenzaba a sentirse. La imagen de un triángulo de gaviotas en medio de la noche, pudo haber pertenecido a ese día o tal vez a otro. Fui hasta la parada del ómnibus del Jardín de los Pájaros y me acosté en un banco. Cogí la primera ruta hacia Miami.

Ese mismo día, por la tarde, vendí la cadena con la medalla en trescientos dólares a un particular. Tal como quedé con H., el viernes, a la hora que solíamos vernos, regresé a la playa con sus cien dólares; pero esa noche no llegó, ni tampoco la del sábado, ni la del domingo. Le pregunté a los otros ladrones si lo habían visto, pero ninguno supo decirme. He conjeturado acerca de su paradero, pero de ahí no he pasado.

SI FUERA SOLAMENTE HUMANO SERÍA
HONRADO TODO EL TIEMPO

Salí de la biblioteca pública, atravesé a pie el *Downtown* y llegué al Bay Side, un centro comercial a lo largo de la bahía de Miami. Recostado a un pino, y mirando el mar, pensaba que si no lograba vender la manilla que tenía, antes de las cinco de la tarde, me vería obligado a ir a comer al restaurant de los desamparados de Miami, conocido como Camillus House. Me resistencia a ir a comer a ese lugar no se debía tanto a la comida que daban, como a la tensión con que la comía. Lo mismo podía formarse un pleito al lado tuyo, o que un demente metiera la mano en tu plato para coger una manzana o cualquier otra cosa. En esto pensaba, pero muy pronto alejé estos pensamientos de mi mente, y casi sin advertirlo los sustituí por la figura de mi gran maestro, Séneca (no sé si ya dije que siempre trato de tener a un gran hombre en mi mente). Francamente, tuve que sonreírme solo al recordar, según he leído, cómo Séneca, desangrándose, seguía impartiendo lecciones a sus discípulos. De Séneca pasé a Jaspers y «las situaciones límites». Por un instante me detuve en Koestler y los conceptos de «autotrascendencia» y «autorreafirmación». Luego, rememoré un párrafo del Libro Primero de la *Metafísica* de Aristóteles, en el que hablaba de la necesidad de ir siempre a la causa de los hechos. Y todavía no había terminado con Aristóteles y ya empiezo a ver a San Juan de la Cruz, subido en un banquito y escribiendo, iluminado por la escasa luz que le entra por la ventanita de la celda. San Juan de la Cruz que, al acercarnos a Dios nos hizo comprender mejor nuestra naturaleza humana. Me vanaglorié a mí mismo el poder estar horas, días, y hasta meses, recreando mis lecturas. Lecturas que vuelven siempre a los mismos libros (los buenos libros) y, en las que siempre encuentro algo nuevo, sin jamás cansarme de experimentar el placer de un nuevo conocimiento. Y, sin embargo, todo esto es «locura para el mundo».

—¿Es ese el barco que va a Bahamas?

La pregunta me la hace una turista, que llega a mí sin notarla. La pregunta me ha provocado un sobresalto, y puedo decir que por su carácter terrenal hasta me ha dado un poco de miedo. Ella, que es bellísima, vuelve a señalarme el barco y de nuevo me pregunta:

—¿Es ese el barco que va a Bahamas?

Es una joven turista. Tiene puesto un vestido largo, de hilo; que termina en unas sandalias amarillas. De su hombro izquierdo pende una carterita de piel de cocodrilo con un cierre dorado. En la tapa de la cartera está estampada una pirámide y, debajo, el nombre de México. Ella es joven, y cuando la brisa bate a mi favor, aspiro la fragancia de su piel enrojecida por el sol. Parece estar deseosa de entablar conversación conmigo y, tal vez, dispuesta a una aventura amorosa. La miro sin soslayar ningún detalle de su cuerpo, del vestido traslúcido. Pero llevo tanto tiempo sin enamorar a una mujer que he olvidado cómo debo empezar. Este pensamiento también me hace reír entre dientes. La muchacha me mira sonreír, y pienso que es el momento de responderle; pero, en un tono en el que le dejo entrever mi deseo de estar solo. Esto es algo que, por lo general, las mujeres no entienden muy bien: si un hombre le dice a una mujer (su mujer) que necesita estar solo durante un rato, enseguida lo interpreta como si estuviera disgustado con ella. Claro que esto no ocurre con todas las mujeres.

—Sí, señorita, ese es el barco que va a Bahamas.

Ella me da las gracias y se queda ahí, parada frente a mí, con los pies hundidos en la hierba, mirándome con más deseo que curiosidad. En otras circunstancias hubiera reiniciado la conversación: nada de algo preelaborado, ingenioso, agudo; nada de eso. Habría bastado una nimiedad, una simpleza, y ese hubiese sido el comienzo quizás de esa aventura amorosa a la que me refería. Sin embargo, la dejo marchar.

De modo que retorné a mis meditaciones, ahora, con la vista fija en una dragadora al otro lado de la bahía. En la dragado que se estrella con furor contra el mar, que le desgarra el fondo. ¿Qué decía Séneca? ¿Qué la mejor muerte era la más agradable? Y me disponía a trazar un paralelismo entre Séneca y Confucio, cuando oí una voz que me decía: «ve al piso de los restaurantes». ¿Cómo desoír esa voz? En unos minutos me vi en la escalera eléctrica y al ratito en el piso de los restaurantes. Los pasos que prosiguieron los di como orientados por alguien. Al lado de una mesa ocupada por dos señoras había un billete de a cincuenta dólares en el suelo. Cogerlo y seguir caminando hubiera sido la cosa más natural del mundo, preguntarle a las mujeres que comían si el billete era de ellas fue una estolidez.

—Ay, sí, gracias —me dijo la mayor de las dos mujeres, y continuaron la charla de sobremesa. A mí me pareció sentir en ese «Ay, sí, gracias», un tono falso. Indudablemente el dinero no se les había caído a ellas. Saqué manilla del bolsillo del saco que llevaba puesto y, tras decirle que me la había encontrado, les pedí sesenta dólares. Una de ellas, la que medio las gracias por los cincuenta dólares, me dijo que se la enseñara. La miró y se la pasó a la otra.

—Parece buena —comentó.

—Si me la dejas en cincuenta te la compro —pronuncio la que la había cogido primero.

Me tomé un tiempo en responder. Un tiempo que utilicé en dos direcciones: para darle valor a la prenda y para mirar en torno a ver cómo andaba el ambiente. Les dije que estaba bien, que me dieran los cincuenta dólares.

Unos minutos después me hallaba otra vez frente al mar; de nuevo la vista fija en la dragadora, en la ferocidad con que penetra en el agua y continúa hasta el fondo, y el grito, el grito de la madre cuando le arrebatan el hijo de los brazos. La arena, que un día retornará al mismo sitio de donde salió.

—Permiso, ¿le gustaría a usted ir conmigo a las Bahamas?

—Por supuesto que sí, claro que sí, señorita.

Ahora sí podía darme el lujo de un diálogo feliz.

LA MUCHACHA QUE ME CREÍA POLICÍA

Salieron las tres de la tienda K Mart, en la 37 Ave. y la 7 calle del N. W. de Miami, y se encaminaban hacia su auto estacionado en el parqueo del negocio. Dos de ellas —ninguna pasaba de los veintitrés años— conversaban, gesticulaban, reían. Parecían, en fin, ser todo lo felices que se puede ser a esa edad. La otra, la mayorcita de todas, iba detrás: seria, pensativa, cabizbaja; y hasta podría decirse que con cierta tristeza. ¡La más bella de las tres! Y es porque no hay belleza genuina sin una pizca de tristeza. Ahora bien, ¿por qué pensaba tanto? ¿Por qué se quedaba rezagada? ¿No le interesaba lo que sus amigas conversaban o, dicho de otro modo, estaba más preocupada por sus propios pensamientos que por la charla de las amigas? Hasta aquí llegaron mis interrogantes. Y si le propuse una manilla a la que me pareció más interesante fue más un pretexto para poder hablar con ella, aunque fuese solo un monosílabo. De manera que, para lograr mi propósito, me dirigí a las amigas; y al verse ella ignorada, estaba seguro que me saldría al paso. No me equivoqué.

—Miren, vendo esta manilla —les dije antes de que entraran al auto.

La que iba detrás me habló:

—¿Sabes que la policía a veces se viste así como tú, con ropa informal —llevaba un pantalón recortado y una camiseta— para coger a la gente que compra estas cosas en la calle?

¡Qué bien! —exclamé para mí mismo—. Cuánto tiempo tuvo que pasar para encontrarme con alguien que pensara diferente, aun cuando lo hiciera en dirección contraria a la humanidad.

—A ver, muchachita, qué te hace pensar que soy policía —le pregunté en tono afable.

Nos detuvimos junto a su carro. Mi pregunta la hizo reflexionar unos segundos, y antes de contestarme adoptó esa seriedad que pone a prueba el temple de un hombre. Y me dijo:

—Tu forma. Hay algo en tu forma que que me hace pensar que ocultas tu verdadera personalidad.

Confieso que tuve que sonreírme, pero dentro de mí sabía que ella tenía toda la razón. ¿Qué personalidad ocultaba? Y esa que ocultaba, ¿no encubría, a su vez, otra, y otra? Estábamos ella y yo solos en el Universo y aquella chiquilla empezaba a gustarme. Me gustaba su lenguaje, la manera de mirar al vacío cuando buscaba las palabras. Me gustaba su mente.

—Dime una cosa —aproveché ese encuentro de miradas cuando coincide un pensamiento en común— si un joven al que nunca has visto antes comienza a enamorarte, ¿pensarías que es un policía?

Tal vez mi pregunta fue demasiado contundente, pero necesitaba saber si me hallaba ante una paranoica o alguien realmente suspicaz. Ella ladeó la cabeza, buscó el cielo con la mirada (algo del azul del cielo recogió sus ojos para siempre), y me devolvió la pregunta con una lógica demoledora:

—Entonces eres policía, ¿no es así?

Ella se percató, con ese orgullo que hace todavía más encantadora a las mujeres inteligentes, de que ahora era yo quien se hallaba en un atolladero. En eso las amigas la llamaron y entró al auto. Introdujo la llave en la ignición, se sentó con las piernas hacia fuera, y esperó a que le hablara. Nunca antes había sentido el trébol de unas palabras:

—Créeme, no podría contestar tu pregunta sin que fuese una declaración de amor. Ahora escúchame: sé que cuando te vayas no nos vamos a volver a ver. En realidad, nunca deseé que me compraras la manilla…

—Lo sé, querías hablar conmigo —me interrumpió.

—… sí, así mismo es. Ahora lo único que quiero es saber cómo te llamas.

—Para qué quieres saber mi nombre si me vas a recordar de todas maneras —así me dijo y se marchó.

Pocas veces en mi vida he sentido tanto la soledad de un adiós. Ella estaba en lo cierto: la iba a recordar siempre.

EL HOMBRE DE LA COLCHONETA COLOR NARANJA

«La playa del tiburón», que abarca unos trescientos metros a lo largo de la carretera de Key Biscayne, es un sitio donde lo erótico (preferiría llamarlo *mórbido*) y la geografía se dan la mano. Ahí vemos a los pinos situados justamente para que un auto penetre entre ellos; un trillo, de momento sinuoso, para que los motoristas puedan, si lo desean, recorrer la playa; o, bien, parquearse de manera estratégica detrás de un árbol y así atisbar a los ocupantes de otros autos cuando hacen el amor. A todo esto hay que agregarle el agua marina en la que pululan algas, sargazos y otras plantas acuáticas, las cuales permiten realizar el sexo sin la preocupación de que alguien mire, aunque, ciertamente, sea esta la finalidad. Por otra parte, la rapidez, el vértigo mismo que causan los vehículos en la carretera coadyuva a lo excitante del lugar. De manera que, es casi imposible pisar «la playa del tiburón» sin tener una erección.

Fue allí donde conocí al hombre de la colchoneta color naranja (a quien llamaré el Sr. O.). Un tipo cuarentón, de complexión atlética y frente de pensador. Lo primero que me llamó la atención en él fue la forma estudiada con que estacionó su auto: la precisión del ángulo entre los pinos. Luego, el breve paseíto por la orilla del mar; esa manera tan distraída de otear el horizonte; de fijarse en una vela casi inexistente; aquella mirada de auténtica concentración en alguna nubecilla, y después los calculados pasos de vuelta al carro: el virtuosismo del movimiento de la mano con que abrió el maletero, con que sacó la colchoneta, con que la extendió en la arena para sentarse sobre ella. Y, todo esto, sin apenas mirar a la mujer que, casi desnuda, disfrutaba del sol sobre una toalla.

—¿Le molesta que está aquí? —le preguntó el Sr. O. a la joven con voz abemolada.

—Oh, no, de ninguna manera —le respondió ella, tras un fugaz vistazo a la bragueta del hombre.

La mujer, de unos treinta años, tenía la parte superior del bikini desabrochada y, entre las nalgas, una tirita color morado. Yo advertí enseguida que, dada la posición del Sr. O., la mujer no podía mirar a otro lugar que no fuese a la virilidad de él, quien, con un short, muy a propósito para tales menesteres, daba buena muestra de su masculinidad.

—Tengo un aceite excelente para la piel. ¿Desearía que se lo aplicase?

La joven, que parecía esperar la pregunta, levantó un poco la cabeza, se quitó con sutil sensualidad los espejuelos oscuros y le pidió al Sr. O. que le mostrase el aceite. Este se incorporó y antes de dar los dos o tres pasos que lo separaban de ella, miró las copas de los pinos como el alpinista mira el pico de la montaña antes de escalarla y se cogió la erección. La chica, que no pasó por alto este detalle, le sonrió con lascivia. El Sr. O, un tipo experimentado en estos quehaceres se sentó junto a ella y en un tono de voz adormecedora volvió a preguntarle si deseaba que le untase el aceite.

—Okey —pronunció ella, y dejó caer de nuevo la cabeza sobre el extremo de la toalla.

Mientras tanto, a una comedida distancia, unos seis autos cerraban el círculo y algunos, con la puerta del conductor abierta, mostraban ya la palanca de cambio. Otros motoristas, guiados por un instinto semejante al de las aves migratorias, acudían al círculo de los espectadores, prácticamente cerrado.

El primer contacto de las manos del Sr. O. con el cuerpo de la muchacha hizo que esta se relajara aún más. Con una mano le alzó los cabellos que le cubrían la nuca y, con las yemas de los dedos de la otra, le fue untando el aceite, abarcando, también, los hombros y la espalda. Al llegar al comienzo de las nalgas, el Sr. O. se subió encima de ella y le colocó el miembro entre las elevaciones, que ya ardían. Ligeros estremecimientos del cuerpo de la joven, le preparaban el camino del orgasmo. En lo alto, el cielo se despejaba como un escenario.

—Está bien así —dijo ella, y con cierto nerviosismo miró a su alrededor y se puso de pie.

Se abrochó el sostenedor, se cubrió la cintura con la toalla y como si se tratara de un compañero de trabajo tras la jornada laboral, se despidió del Sr. O., se subió a su coche y se marchó. Los autos comenzaron a romper el círculo y, sin que ningún chofer mirase al otro, le dieron marcha atrás a sus vehículos. El hombre de la colchoneta color naranja fue el último en partir.

Transcurridas unas tres semanas, retorné a la «playa del tiburón», con el propósito de vender allí mis prendas. En la primera entrada me encontré con el Sr. O. quien, sentado en la arena leía *El principito*. Tras saludarlo —solamente lo conocía de vista—, me atreví a hablarle de la historia que había escrito sobre él. Para mi sorpresa me pidió que se la leyera. Al terminar, me preguntó cómo me ganaba la vida y yo le mostré una de mis manillas. Sin pensarlo mucho, sacó cincuenta dólares de su bolsillo y me los dio a cambio de la manilla y de la historia que acababa de leerle. Como contaba con más copias, accedí. Después de ese día no lo he vuelto a ver; tampoco, yo he regresado a la «playa del tiburón».

LA MINA DE ORO

*A S.L.D., porque no he sabido de otros ojos que al
girar, nos digan tanto del cielo iluminado.*

El Sr. Moria (natural de Honduras), de baja estatura, cabeza oblonga y piel cetrina, y a quien hasta el momento le ha sonreído la fortuna, sabía desde muy joven que para llegar a ser rico hay que empezar por estar cerca del dinero. Con esta máxima y la avaricia de un conquistador emigró hacia los Estados Unidos. Luego de algunos tanteos en la oscuridad logró al fin el empleo de vendedor de una joyería en el *Downtown* de Miami, cuyo dueño era un cubano judío, quien tuvo el honor de ser el primer expendedor de prendas de bronce en la ciudad. Y es aquí que el Sr. Moria, no menos astuto que cauteloso, aguardó hasta el instante en que debía actuar, del mismo modo que las hojas de la encina se preparan para el resurgimiento de las bellotas.

Cada paso parece anunciar ese otro que se tiende, que planta con firmeza la idea que lo impulsa. Y no hay temor, ni siquiera el del veredicto del yo cuando al fin y al cabo nos pasa la cuenta.

Y no llegó al año de estar trabajando en la joyería del judío (que se llamaba Isaac), cuando el Sr. Moria —según se cuenta— daba el vuelto de las prendas que vendía de su propio bolsillo. Previsto ya el camino, se alistaba para el salto hacia las manos que lo esperan, que no tiemblan, que confían en la precisión misma del saltador. No fue, de ninguna manera, en vano esa acechanza de lobo en las estepas, de niño regañado en el rincón más umbrátil de la probidad. Y fue cuando tuvo el alumbramiento —y no la iluminación, que va siempre dirigida al bien— de anotar la dirección de donde provenían las prendas que el judío encargaba. Una vez con la dirección, y con el dinero que ahorraba de su salario, más el que le sustraía al dueño de la joyería, abandonó su trabajo y puso su propio negocio. Primero en un auto viejo en un parqueo en la periferia del *Downtown*. Ahí atraía a los clientes que él ya conocía con precios más bajos y fiándoles algunas veces.

Ahí estuvo unos tres meses vendiendo y marcando con catorce kilates las prendas de bronce, tal y como el judío le enseñó. Al cabo de un tiempo, la lucrativa alquimia le dio para rentar un pequeño local en el mismo centro del *Downtown* con el nombre de Joyería Alí Babá.

Han transcurrido diez años y no se ha detenido ni un segundo esta centrífuga de honradez profanada, esta obsesión por arribar a la cúspide donde todo es niebla y perpetua frialdad. He creído siempre que existe una armonía universal, un equilibrio entre las fuerzas del mal y las fuerzas del bien; allí, donde antes estuvo el estruendo de las olas contra los arrecifes.

LA PRINCESA DE LA TORRE ENCANTADA

A S.I.D., que me obsequió el vocablo dasonomía.

La Srta. Sindra, que nació en Honduras, conoció al Sr. Moria en una visita que le hizo a la joyería acompañada de su hermana, cuando este recién comenzaba el negocio de las prendas adulteradas. Ella, que tendría por aquel entonces unos veinte y tantos años, conservaba en sus mejillas el rubor de las adolescentes cuando son lisonjeadas. Su piel, que no había dejado de exhalar la sensualidad de la brizna en los amaneceres lluviosos, mantenía la suavidad del algodón y la transparencia de las aguas que corren. Los cabellos, color castaño, que ella prefería llevar cortos, le caían casi desordenados sobre la nuca. Y había más en esa culminación de la belleza. Había, además, una postura que aprendió de los cisnes del lago de la hondonada; que aprendió de los montes —esa danza de ramas y hojas—, donde la dasonomía aún no ha llegado, y donde cada germinar de una semilla es un modal enseñado con humildad con que la naturaleza nos muestra su grandeza.

107

Pronto el Sr. Moria, unos diez años mayor que ella, quedó deslumbrado ante aquella chica, a la que, por cierto, el dinero no le disgustaba mucho. Un giro de sus ojos, los cuales parecen siempre decir que su portadora nunca sabe nada de nada, fue el inicio de la relación amorosa.

Sí, ciertamente, hay algo satánico en la excelsa belleza, que nos sitúa en el umbral de los misterios y que, incluso, nos invita al acercamiento, a la confianza. Y es en esa zona, de absoluta entrega, donde reconocemos, tardíamente, la fuerza de la seducción.

La Srta. Sindra y el Sr. Moria se casaron al primer mes de conocerse, y pasaron tres años sin tener hijos, hasta que, casi de seguido, tuvieron dos niñas. Dado el magnífico negocio de las prendas falsas se les multiplicó el dinero y con él la felicidad que la prole completó. Los dos laboraban juntos en la joyería, aunque a veces ella permanecía sola durante horas al frente del negocio, atendiendo a los estafadores y a algunos vendedores facinerosos. No obstante este detalle, todo marchaba espléndidamente, hasta que un día (y creo que coincidió con la llegada del poeta a la joyería), el Sr. Moria empezó a enflaquecer y a dejar de asearse, y a hablar de la mujer de manera delirante. Decía que la tenía en la torre de un castillo encerrada bajo llave para que nadie pudiera verla, ni siquiera sus niñas, que ya estaban creciditas. Sin embargo, a pesar de que esta aparente locura, continuaba haciendo dinero con inusitada rapidez; y, aunque con el paso de los días dejó de mencionar el nombre de la mujer —en realidad se había ido de vacaciones a Honduras—, seguía hablando de la torre y del cerrojo de la ventanilla, y de los ojos que imploraban volver a la prendería.

UNA NIÑA ENCANTADORA

A Marisita,
una de las hijas de S.I.D.

Todo lo que había en la joyería de Alí Babá podía ella
nombrarlo y, con solo dos añito de edad; en la joyería donde solamente no había joyas (y estas, todas di-
ferentes), sino además carteras, calzado, cintos, relojes
de pared y de muñeca, calculadoras, billeteras y otras
misceláneas. Nombrar todo eso por su nombre y con
voz nítida, sonora; con todos los acentos y las inflexio-
nes, era ya de por sí un hecho admirable. Si alguien le
preguntaba qué era esto o aquello, ella se quedaba un
momentico pensativa y luego miraba al que le hacía la
pregunta con esa pizca de altivez que poseen los niños
destinados a realizar grandes cosas para la humanidad.
Y he aquí que viene la respuesta, no de su cerebrito sino
de uno más prístino formado desde antes de la anti-
güedad, en el comienzo que está tan lejos como el final.
Zopilote, me dijo un día al preguntarle cómo se llamaba su perrito de lana. Después se montó en su ca-

109

ballito de madera, que ella impulsaba con los pies, y al volver de un breve paseíto por la trastienda del local me manifestó, casi en un tono autoritario:

–¿Tú no sabías que mi perrito se llamaba Zopilote?

Yo me quedé maravillado ante ese vuelo de la imaginación, de genuina asociación, de talente poesía en alguien que apenas daba los primeros pasos. Pasos inalcanzables, no por lo veloz, sino por lo profundo; la honda huella que otros, como ella, la harán aún más profunda. La hondura sobre la que se levantará el Orbe del mañana, la justa inteligencia humana.

EL PELUQUÍN DE ISAAC, EL JUDÍO

Isaac, el judío, odiaba al Sr. Moria por la razón de que este le hizo la competencia en el negocio de las prendas falsas. Ya he dicho que el Sr. Moira era empleado del judío y que, con el dinero que le sustrajo, logró poner una joyería.

Ahora bien, lo que agravó más la relación entre ellos fue que puso su negocio frente a la joyería del judío, debido, pienso yo, a que no había otro local disponible en el *Downtown* de Miami. Como era de esperarse, las miradas que se hacían a través de las puertas de cristal de los negocios contenían tanto rencor que hasta las mismas puertas temblaban. De manera que era casi imposible pasar por allí sin recibir el impacto de aquella enemistad.

Un día sucedió algo que será recordado más por lo irrisorio que por lo trágico. Fue en los días de Semana Santa, en que, como es sabido, hay mucho viento. Ambos negociantes —debido a que no hacía tanto calor— tenían las puertas de sus negocios abiertas, con el propósito de ahorrar en el consumo de energía debido a los aires acondicionados.

Ese día, un viernes por la tarde, el judío caminaba preocupado de un extremo a otro de su negocio, debido a la poca venta que había desde que el Sr. Moira se había instalado enfrente. Como acabo de decir, caminaba preocupado, y de vez en vez —gesto característico en él—, se levantaba un poco el peluquín y se rascaba la calva.

Entonces, sobrevino lo insólito: un viento recio y casi burlón le arrancó el peluquín de la cabeza; y como si hubiera sido aventado por la misma mano de Moisés, fue a parar en la prendería del Sr. Moira, quien, al ver aquella pendejera moviéndose en el piso como una medusa, que hasta la lengua le sacaba, la consideró al instante una declaración de guerra, una ofensa a su dignidad de comerciante honrado.

—¡Con que esas tenemos! —exclamó con furia, y al momento, sin pérdida de tiempo, cogió una de las cadenas más gruesas —de bronce, desde luego—, y la lanzó con fuerza hacia la joyería del judío. El impacto provocó un hueco formidable a una de las vidrieras. De inmediato, y en respuesta a la inesperada agresión, el judío, olvidándose de su costoso peluquín —dicen que le había costado tres mil dólares—, hizo fuego con una andanada de anillos de grueso calibre, con tan buena puntería que muchos de ellos hicieron blanco en el hombro del «pequeño toro de Miami», hijo y empleado del Sr Moria.

—Dame la caja de anclas —le ordenó este a su hijo. A su vez, Isaac, el judío, mandó a su empleado, el Sr. D. —más conocido por Masa Boba—, que le alcanzara el cartucho con las medallas del Santísimo —muy buenas para el «tumbe», por cierto—, y, una vez en sus manos, con cartucho y todo, las lanzó contra las vidrieras de la tienda de su antiguo empleado. Pero, ya casi al mismo tiempo, la artillería del Sr. Moria había respondido con aquellos anillotes, los cuales, gracias a la puntería del «pequeño toro de Miami», lograron impactar la calva del judío, sin que el *Antiguo Testamento*, que había cogido de escudo, pudiera evitarlo. Tampoco las partes pudendas de Masa Boba se libraron de los fogonazos de bronce.

Por otro lado, las medallas del Santísimo cumplieron su cometido, destrozando algunas de las vidrieras del negocio del Sr. Moria, causándole a este leves magulladuras en torso y brazos, y lo mismo al «pequeño toro de Miami».

Es innecesario decir que la guerra lleno de prendas falsas el espacio comprendido entre las dos joyerías; ni tampoco que, los transeúntes al ver todas esas prendas, y al creer, por supuesto, que eran de oro, se tiraron a cogerlas. Lo que provocó la intervención de la policía, cuyos agentes, también, dicho sea de paso, se llevaron algunas.

Entre los afortunados, de lo que ellos mismos llamaron luego Día de la Fiesta Nacional del Bronce, estuvo el Sr. Gato; otro fue el Sr. Cadena, quien de inmediato las guardaba en el abrigo que lleva siempre —no importa el calor—, con el fin de esconder el dinero que le tumba a la gente, en caso de reclamaciones.

Muchos otros estafadores se despacharon a su gusto, y hasta el mismo Wichinchi Prenda Fu, quien siempre llega a la joyería del Sr. Moira cuando este va a cerrar, se empató con una buena porción de anclas y cadenas.

La refriega entre ambos comerciantes duró cerca de una hora. Las vidrieras de la prendería del Sr. Moira quedaron parcialmente destruidas y, otro tanto, le ocurrió a las del judío.

De todos, el que más mal parado salió fue el judío, con varios chichones en la cabeza. Los impactos en los otros, de uno y otro bando, fueron en realidad superficiales. A la única que sí no le pasó nada fue a Sindra, que se escondió detrás de un mostrador, mientras veía con esos ojos que parecen lunas, cómo iba y venía por el aire el oro de sus sueños.

LA ATORMENTADA VIDA DE O. A.

Una mala elección convirtió a O. A. en un desgraciado. Un hombre que, aferrado al sentimiento por los hijos, y sobornado por la ex mujer, tuvo que pasarse estafando los últimos años de su vida.

La Sra. D., con antecedentes siquiátricos y el contrapeso de un voluptuoso cuerpo, le dio a O.A., que se hallaba próximo a los cuarenta, un varoncito. Cuando este cumplía los dos años, la familia emigró hacia los Estados Unidos. Y allí, pasados unos años, llegaron otro varón y una hembrita.

Hasta ese momento todo marchó bien. Más tarde, la diferencia de edad —ella veinte y seis, y él cuarenta y ocho— produjo la separación de la pareja. O. A., que carecía de oficio, pero con un conocimiento profundo de la vida —lo que ya de por sí es un oficio—, se vio con dificultades para conseguir un trabajo, por lo que no tuvo otra opción que ponerse a vender prendas falsas. Presionado, entre otras cosas, por la pensión que debía pasarle a los hijos. Todo esto, a pesar del enfisema pulmonar, úlcera estomacal, y otras enfermedades relacionadas con el espíritu. Enfermedades que solo contraen los hombres de nobles ideales.

Sin embargo, O. A. habría robado con gusto por tal de alimentar a sus hijos, y no con la angustia que le provocaba el tener que timar para darle dinero a una mujer que lo dilapida en una vida disoluta. Con el curso de los años, el rostro de O. A., que tuvo en una época las facciones de un galán, se fue convirtiendo en los surcos de un campo arado por el sentimiento de culpa. La exmujer lo chantajeaba con denunciarlo a las autoridades si no le daba dinero. Cogido entre dos frentes, al regresar por las tardes con lo que buscaba de la estafa, lo esperaba el hijo mayor o la hembra para la sangrienta cuota.

Otra amenaza que lo atosigaba más que la idea de la cárcel, consistía en que si no le daba el dinero, la mujer le prohibiría ver a los hijos, especialmente a la niña, con la que él tenía delirio.

Otro hombre se habría marchado lejos de aquella mujer, de los hijos y de todo, pero O.A. no lo hizo. Prosiguió la búsqueda del dinero por la única vía que la vida le permitió, para de ese modo conservar el poquito calor que los hijos le proveían, el acicate necesario para salir de su cuarto todas las mañanas; a veces casi sin aire para respirar, a veces con lágrimas en los ojos, y una voluntad inquebrantable.

LA LEYENDA DEL SR. CADENA

El Sr. Cadena nació en la ciudad de La Habana, en el año 1920, y ya desde niño destacó por su astucia, poder de persuasión, y una impresionante inteligencia. Cualidades que se fueron agudizando a lo largo de su vida. Aunque, ciertamente, a los veinte años casi no había nada que agregarle. A esa edad le vendió una casa a un señor, mientras los dueños estaban de vacaciones en Miami.

Desde ese momento el Sr. Cadena supo que su destino era vivir de la estafa, y para esto no halló nada mejor que las prendas falsas, por aquello de que no hay quien escape de la vanidad. Cincuenta pesos a un agricultor que vendía su cosecha en la Plaza del Vapor, por una cadena que le costó un peso con cincuenta y nueve centavos, marcada como oro de dieciocho quilates, fue su primera venta. En lo adelante sería conocido por el sobrenombre de «Cadena».

En 1980 emigra hacia los Estados Unidos, no como exiliado político, sino huyéndole a las innumerables personas a las que había timado. Se cuenta que, para pisar tierra americana con dólares en los bolsillos, le vendió al capitán del barco una cadena en doscientos dólares, con la que, muy bien, habría podido amarrar la embarcación. Pero, quién es invulnerable al ingenio, a la imaginación, a la picardía, a la paciencia, a la locuacidad de un estafador, alguien, para quien no existe ni la conmiseración ni el remordimiento.

El Sr. Cadena hubiese sido un hombre adinerado, de no ser por su afición al juego. Afición que llegaba a extremos de dejar en el bacará trescientos dólares en unos minutos. Lo que lo impulsaba a salir, vender otra cadena y regresar a la mesa, donde, por lo general, volvía a perder. A la mañana siguiente, casi siempre se veía obligado a empeñar por una o dos cadenas, su dentadura postiza en la joyería Alí Babá.

Parece innegable que siempre tiene que haber un motivo donde la pasión impera, uno que nos presione, que nos compela, y cuyo epicentro suele ser la autoaniquilación.

A grandes rasgos, esta ha sido la vida de Cadena por los últimos cincuenta años.

Nadie sale ileso si lo escucha, si lo mira a los ojos. Morirá un día, al igual que todos, y no será recordado como un hombre honrado, será recordado como un hombre al fin.

EL INCORREGIBLE SR. GATO

Lo último que supe del Sr. Gato fue que logró engañar a un policía del Metro de la ciudad de Miami. Dicen que le dijo que él era joyero y que le diera las prendas para pulirlas, que después se las devolvía. El agente de la ley aceptó y el Sr. Gato desapareció.

Como era de esperarse, la policía empezó a buscar al Gato por toda la ciudad. Lo primero que hicieron (una muestra de lo bien orientado que estaban) fue ir a la joyería Ali Babá; allí, le mostraron la foto del Gato al Sr. Moria, y le preguntaron si lo había visto. El Sr. Moria, con la inexpresividad de un funerario, le echó un vistazo a la foto —más tarde diría que se veía más joven—, y le dijo que no a la policía. Lo cual era cierto, pues el Gato llevaba días sin arrimarse a la joyería.

Una semana después, estoy parado en la entrada de la Iglesia del Gesu, en el *Downtown* de Miami, y oigo de súbito una algarabía, y al mirar, veo que dos policías le están cayendo atrás nada menos que al Gato, quien, corriendo a toda velocidad, pasa por delante de mí y se mete en la iglesia.

Los agentes del orden, quizás demasiado gordos para alcanzar al velocísimo Gato, se detuvieron jadeantes en la puerta de la casa de Dios, y pidieron ayuda por la radio. Pronto la calle de la iglesia se inundó de policías. Rodearon la manzana y tomaron todas las medidas para que el perseguido no escapara. A todas estas y para mayor confusión, el padre Sebastián oficiaba la misa: «Hijos míos —decía— vivimos tiempos de arrebatadora turbulencia. Ya nadie respeta la ley severa —aquí citó a Quevedo.

Claro, sin saber lo que ocurría fuera. Entre los asistentes a la misa se encontraba el Gato, que, como buen feligrés que era, se había sentado en la primera hilera de bancos, mientras observaba con engatusadora maquinación la reluciente sortija de oro dieciocho del padre Sebastián.

Mientras tanto, el rumor, falso desde luego, de que un allegado al presidente de la nación o de algún cantante celebre de rock se estaba casando en la iglesia, atrajo tanta gente a la puerta del tabernáculo de Dios, que la misma policía temió que su plan de captura quedase frustrado.

No obstante, hicieron esfuerzos extralimitados para localizar al Gato entre los que salían de la iglesia al terminar la misa, los cuales, se unieron a la multitud que estaba fuera. Todo parece indicar que el Sr. Gato logró escabullirse y escapar nuevamente.

La búsqueda del ya famoso pulidor de oro se extendió por espacio de una semana más, y, como casi siempre sucede en estos casos, archivaron el expediente. El tumbe al policía del Metro fue, creo su acción más temeraria. Otra de sus osadías, aunque de menos magnitud, nos remite a la sortija de oro dieciocho del padre Sebastián.

LA MUJER, EL POETA Y EL COMERCIANTE

Hace ya algunos años llegó a la joyería Alí Babá, un joven con todas las características de un poeta y dijo:

—Una manillita, por favor.

Lo atendió el Sr. Moira, mientras su esposa permanecía sentada tras el escritorio con la vista puesta en la página de una revista, cuando en realidad se mantenía atenta a cuanto ocurría en la joyería. El tiempo que tardó la venta de la manillita fue solo unos minutos, lo suficiente para que el poeta captara entre el comerciante y la mujer, las sutilezas que escapan al común de los hombres o, como dijera Hipólito Taine: «el conjunto y el espíritu que lo rige».

Transcurrieron los días y con ellos, los meses, y los minutos que duraba la venta de la manilla que el poeta compraba siempre, se fueron convirtiendo en un conglomerado de datos acerca de la personalidad del comerciante y la de su mujer.

Percibió, por ejemplo, que el comerciante padecía de un egoísmo extremo y que, además de la avaricia, era también soberbio. Pero lo peor de todo consistía en el resentimiento que a diario alimentaba contra su antiguo empleador, Isaac, el judío. Un resentimiento que tenía como base la envidia.

Sin embargo, en verdad, no le interesaba mucho la manera de ser (o de no ser) del Sr. Moria, y si bien captó estos detalles, fue por una inclinación natural en él a la observación y al ejercicio metódico del análisis.

En cuanto a la Srta. Sindra, sentía una gran fascinación por los rufianes, de quienes, obviamente, vivía. Paradójicamente, ella era una mujer sensible y con una frustrada inclinación hacia el arte. Hacía un buen uso del lenguaje y le deleitaban las conversaciones ingeniosas. Con un hermético sentido de la privacidad, casi nunca dejaba escapar ninguna alusión referente a su vida privada. Al igual que su esposo, consideraba el matrimonio como un negocio del cual debía sacarse el mayor provecho posible; pero, este criterio estaba más acentuado en el Sr. Moria, quien dirigía la familia como si se tratara de un feudo. Para ellos, y en esto ambos coincidían, el dinero era lo más importante del mundo.

Con la llegada del poeta supieron que había gente diferente, gente que tenía más que ver con las cosas divinas que con las terrenales. Sorpresivamente conocieron a alguien para el que una puesta de sol no valía menos que una cuenta bancaria. Esta fue la causa por la que la mujer del comerciante se sintió deslumbrada ante esa especie de individuo casi inexistente. Un hombre capaz de permanecer horas contemplando a una paloma hacer su nido, o a una cucaracha de campo arrastrar hasta su madriguera un mojoncito plateado. Este deslumbramiento no pasó inadvertido para el comerciante, lo que condujo a que cada día fueran más tensas las relaciones entre él y el poeta, siempre que la mujer estuviera presente. Pero, lo que definitivamente colmó los ánimos, fue la fama que, sin proponérselo, alcanzó el poeta con la publicación de su primer libro de versos.

Ahora, cada palabra que pronunciaba el poeta adquiría otra resonancia. El comerciante casi le tenía prohibido al poeta (un tipo muy locuaz) hablar en presencia de la mujer. Si él estaba en el baño y el poeta entraba en ese momento a la joyería, salía rápido para evitar que la mujer lo atendiese. Si el poeta hacía cualquier gesto, el comerciante la miraba a ella para ver si lo estaba mirando. Un día, con vista de menoscabar al poeta, comentó con su mujer que este se había buscado cincuenta dólares en un día con la venta de las prendas, como si al poeta le fuera importante morirse de hambre o no.

Esta tensión del comerciante, que podría llevar el nombre de celo, causaba sufrimiento al joven bardo, quien sentía igual el padecimiento de una oruga como el de un ser humano. Un día, en el que al parecer ya no resistía más la situación que se había creado, los llamó a los dos y, tras un breve discurso en el que citó a Heráclito de Efeso, les dijo que se marchaba de la joyería para que ellos pudieran ser felices. El comerciante, luego de escucharlo con asombrosa ecuanimidad —la mujer seguía las oscilaciones del problema con los ojos llorosos y la cabeza baja—, le dijo que estaba «loco de remate» y que, cómo iba a pensar que podía estar celoso de él. De todas formas, me marcho, terminó diciendo el poeta, y se largó. Ese, que todo lo tiene y nada posee.

Al poeta —siempre lo llamé así—, no lo volví a ver. Tampoco los periódicos dijeron más nada de él. Supongo que siga escribiendo versos, tal vez en las montañas de Nevada o en la ribera de alguna playa desierta.

LA TURISTA QUE QUERÍA VÉRMELA

Eso de mirarme a la bragueta y después a los ojos tenía más de un significado. Sin embargo, y a pesar de esto, seguía absorto en el mar; aunque, claro está, cada vez más atraído por aquellas piernas que se abrían y cerraban con toda intención.

—Quiero vértela —me dijo al cabo de un rato, en el que, olvidándome del mar (o una forma de subrogar), me había dedicado por entero a su muestrario.

—¿Qué me dijo?

—Que te la quiero ver.

—¿Aquí?

—Sí, claro, aquí.

Estábamos donde termina el Bay Side, sentados frente a frente en uno de los bancos de un pequeño embarcadero. Yo mire en torno, como el que trata de orientarse en un bosque, pero solo para hacerle ver que nos hallábamos en un lugar público. «No hay nadie», pareció decirme ella cuando me miró con más insistencia a la erección que tenía desde hacía un rato.

—¿Entonces qué —pronunció ella desafiante y, con los labios echados hacia delante y con un movimiento del mentón, me hizo un gesto para que me la sacara. Además, me había abierto las piernas del todo y ¡sin nada abajo! Aquello parecía un bosquecillo al final de un camino nevado. No me quedó otra opción que, con algún trabajo —llevaba un jeans ajustado—, extraer la protuberancia. No obstante, habría deseado decirle algo, algo que aludiera a las radiaciones solares cuando entran en contraste con las insinuaciones de la noche. Pero, al momento, pensé que debía mantenerme callado, que mostrarle el órgano a una mujer era una cuestión puramente mental.

Cuando regresé de mis reflexiones vi que se masturbaba. Tenía un pie sobre el asiento y una mano por debajo de la pierna. Por mi parte, mantenía el falo erguido, inmóvil, como si perteneciera a un mecanismo independiente de mi cerebro. Cuando calculé que ella llegaba al orgasmo —creo que hubo un ligero gemido—, comencé a masturbarme, mientras escuchaba la llegada de una nueva ola, quizás más serena que las otras, quizás más pausada. La sirena de un barco del que salían chorros de agua por los costados vino a interrumpir esta concordancia con la naturaleza. Tuve que inclinarme hacia delante para no embarrar el pantalón. Ella también se inclinó un poco y sacó la puntica de la lengua. Goterones de semen cayeron sobre el piso de tablas salpicado de sal. Una nueva ola barrió la espuma de la anterior.

Nos pusimos de pie y sin hablarnos, nos despedimos. Antes de irse noté que se le había quedado una guía turística sobre el banco. Lo cogí con el fin de dárselo, pero ella ya había desaparecido de los alrededores. No fue hasta más tarde que hallé entre las páginas del libro un billetico de cincuenta dólares. Esa fue la única venta del día. *Mutatis mutandis.*

CARTA DE DESPEDIDA DE MI AMIGO, EL POETA

Me preguntabas en nuestra última conversación si habría preferido ser un hombre como los demás; es decir, un hombre sin conflictos internos.

Recuerda que estábamos en la parada de ómnibus. Yo esperaba la ruta 11, y tú seguías a pie. La llegada de la 11 impidió que pudiera responderte la pregunta. Pero, ¿qué fue en realidad lo que impidió que te respondiera la pregunta? No fue otra cosa que la necesidad de resolver un problema de índole material, sin el cual resulta imposible poder vivir. Me refiero a la tiranía del dinero.

No sé si también te acuerdas que, cuando nos vimos ya yo llevaba un buen rato en la parada de ómnibus. Y si le exiges un poquito a tu memoria, recordarás que frente a nosotros, en el edificio amarillo, en el espacio que debió ocupar un ventilador en la pared, había un nido de palomas con un pichoncito. La madre, totalmente blanca, excepto en el cuello que era gris, de tiempo en tiempo llegaba al nido con el alimento en el pico para sustentar a su cría. En unos veinticinco minutos voló hacia el nido unas seis veces, hasta que finalmente

126

se quedó allí, junto al recién nacido para darle calor con su cuerpo, al tiempo que se mantenía alerta ante un posible invasor.

Creo que puedo ya decirte que en ese tiempo (los veinticinco minutos) pasaron dos guaguas, lo cual me obligó a tener que esperar casi una hora para poder irme. No sé si este ejemplo te baste para que comprendas la naturaleza del poeta. ¿Es esta actitud contemplativa, altamente subjetiva, un impedimento para funcionar de acorde a una realidad que exige ser cada día más práctico? De ahí el conflicto al que te referías, y la necesidad del poeta de crear su propio mundo; un mundo que, mientras más armonioso y perfecto sea, más librará al poeta de sucumbir ante la abrumadora (e inexplicable) realidad. Esta idealización, concebida en términos estéticos es lo único que le permite resolver la dicotomía entre su naturaleza sensible-contemplativa y la incapacidad de ser objetivo, o de ajustarse a los hechos tal y como se presentan en la realidad.

Como sabrás (y aquí te respondo la primera parte de tu pregunta) prefiero ser como soy. A todo poeta, si es verdadero, se le niega el presente, por eso siempre tiene que luchar contra fuerzas superiores.

Si por alguien lamento el haberme tenido que ir de la joyería, ese eres tú.

Te quiere,
el poeta

APÉNDICE

REGLAS QUE EL INICIADO EN LA VENTA DE PRENDAS FALSAS DEBE OBSERVAR

1. No timarle a nadie más dinero del que no puedas devolver en un momento de apuro.
2. No vender de noche, salvo en extrema necesidad.
3. No vender en la barriada donde resides.
4. Buscar siempre la persona que va sola.
5. No acercársele demasiado a la persona a la que se le propone la prenda, hasta que no se entre en confianza.
6. Proponga la prenda con una sonrisa.
7. Insistir solo una vez, si le vuelven a decir que no, desista de la venta.
8. Nunca diga que la prenda es de oro, sugiéralo.
9. Una vez que el comprador tenga la prenda en la mano, la mire, examine o busque el cuño de los kilates, despreocúpese de ella, y atienda a las personas que están a su alrededor o pasan por su lado, porque una de ellas puede hacerle una seña al comprador y estropearle la venta. Mírelos con severidad, de esa manera podrá coaccionarlos.
10. Hable lo necesario, y jamás lo haga una vez que tenga el dinero en su mano. Un «hasta luego» es suficiente.

11. Nunca se apresure a coger el dinero.

12. No rebaje el precio de la prenda si el comprador no se lo pide.

13. Si ya vendió, aléjese despacio del comprador; y hasta dé la impresión de que quiere regresar a pedirle la prenda de vuelta.

14. Evite vender cerca de joyerías.

15. Ordene su dinero en el bolsillo de mayor a menor, de modo que si se ve obligado a reembolsar saque la cantidad que usted estime.

16. Tenga siempre consigo el recibo de las prendas que compra.

17. Procure pulir las prendas en un sitio donde nadie lo vea.

18. Entre un hombre y una mujer, elija a la mujer; el problema es siempre menor.

19. Si ve a una mujer al volante de un auto, hay muchas probabilidades de que espere a otra mujer; pero si está en el asiento del pasajero, lo más seguro es que espere a un hombre, y pudiera verse en una complicación.

20. Desconfíe, por lo general, de todo el mundo, pero más de las personas que están dentro de un auto. Pueden llevarle la prenda.

21. Si sale a vender prendas falsas, nunca lleve puestas prendas genuinas.

22. Si tienes suficiente dinero para devolver en caso de que se encuentre con un perjudicado, acuda a los mismos lugares.

23. Si al proponer la prenda recibe una mala contesta, tírelo a broma y márchese lo más pronto posible del lugar.

24. Para vender, vaya a los lugares donde la gente esté obligada a llevar dinero (las tiendas, por ejemplo), así solo queda el factor de que le gusten o no las prendas.

25. No obligue, persuada.

26. No hable de su negocio, mientras menos gente lo sepa, mejor.

27. Si no es absolutamente necesario no acuda con el marcador de prendas.

28. Evite salir a vender con otra persona del mismo giro, hágalo solo y le resultará mejor.

29. Antes de entrar a la joyería donde compra las prendas, cuídese de quién está en la puerta, y haga lo mismo a la salida, porque puede que algún perjudicado lo esté esperando.

30. Un poco de dinero a uno, y otro poco a otro, mejor que cogerle mucho a uno solo.

31. Si va a un centro comercial u otro sitio donde haya guardias de seguridad, localícelo antes de empezar a vender, no lo pierda de vista.

32. Procure tener siempre un buen reloj en la muñeca, si llegase el momento de devolver el dinero y no lo tiene, deje el reloj al reclamador y así amortiguará su ira.

33. Mantenga la prenda en el bolsillo y sáquela solamente si va a proponerla.

34. Si al proponer la prenda, el comprador lo invita a ir a su casa a buscar el dinero, no permita que vaya con la prenda (haga como si desconfiara) y así evita que le haga la prueba o se la enseñe a alguien.

35. Si ha realizado una venta y le quedan otras prendas, no trate de vendérselas a la misma persona (salvo que ella le pregunte si tiene algo más), porque puede malograrse la venta que ya ha hecho.

36. Ni se desanime, ni se desespere.

37. Venda con naturalidad, y recuerde que cualquier argumento que usted emplee es válido si efectúa la venta.

ADVERTENCIA

Los personajes y situaciones que aparecen en este libro, han sido en algunos casos alterados y en otros se han puesto solo las iniciales. Cualquier acción de tipo legal o agresión física o de palabra que se tome contra el autor, sería una violación de los derechos humanos.

Gracias.

ÍNDICE

OTROS TÍTULOS DE LA COLECCIÓN «MARIEL»